Paul Peppers Salonwagen
Grill
Grüne Idylle
eh

Felix Huby

Kesselspitze
2700 m
Steiner wand
Kopfengrat
Wächte
Wanners Hütte
Geister-schlucht
Finken-schlucht
Weg ins Tal
Felsnase
Enzensweiler
Kirche
Pfarrhaus
Schmiede
Schuppen
Café
Marktplatz
Post
Bushalt
eh

Paul Pepper und der weiße Tod

Die Hauptpersonen

Paul Pepper, 58. Der Privatdetektiv wohnt in einem alten Salonwagen der früheren Reichsbahn. Die seltsame Behausung steht mitten in einem Garten – die *Grüne Idylle* genannt. Pepper ist früher einmal zur See gefahren – siebzehn Jahre lang und mindestens zwanzigmal rund um den Erdball. Eine Zeitlang war er auch bei der Polizei, aber dort hatte man ihn nicht behalten wollen, weil seine Methoden ziemlich ungewöhnlich waren. Jetzt arbeitet er als Privatdetektiv. Doch es ist nicht einfach für ihn – junge fixere Kollegen schnappen ihm immer wieder die dicksten Brocken weg. Indessen sind da noch Pit, Jonny und Arnica, und mit ihnen gemeinsam ist Pepper jeder Konkurrenz, manchmal sogar der Polizei, überlegen.

Peter Küster, genannt Pit, ist ein ruhiger, nachdenklicher Junge von 16 Jahren. Seine Eltern sind geschieden. Seitdem lebt Pit mit seiner Mutter allein und muß eine ganze Menge Verantwortung tragen. Seine besonderen Leidenschaften sind Fotografieren und Kajakfahren. Sein Boot hat er sich selber gebaut. Für sein Alter ist Pit ziemlich stark. Er ist ein guter Sportler, aber er ist nicht sehr redegewandt.

Arnica, 14. Ihre Eltern nennen Arnica einen »Teufelsbraten«. Sie hat hauptsächlich Unsinn im Sinn und ist – so gesehen – das ganze Gegenteil von Pit. Arnica wohnt nicht weit von Pepper und Pit, allerdings in einer Gegend, in der Einfamilienhäuser und schicke Bungalows stehen. Ihr Vater ist ein hohes Tier beim Gericht und schon deshalb mit den Extratouren seiner Tochter nicht einverstanden. Arnica besucht nicht nur die gleiche Schule wie Jonny, sie geht auch noch in die gleiche Klasse.

Jonny, 14. Er ist der Umtriebigste im Team. Immer auf Achse, immer am Reden und Rechnen. Er führt die Geschäfte, stellt Kontakte her, horcht Leute aus, erfindet Tricks, sprudelt über vor Einfällen und schießt regelmäßig übers Ziel hinaus. Sein Vater ist Journalist und Schriftsteller, seine Mutter hat eine kleine Galerie, und da beide Eltern immer unglaublich beschäftigt sind, hat Jonny viele Freiheiten, die er weidlich ausnutzt. Er ist der Clown und das Mitglied der Truppe, das die anderen immer wieder aufrichtet, wenn sie ihre Köpfe hängen lassen. Jonnys Vater (Jonny heißt übrigens bürgerlich Johannes) ist ein vielbeschäftigter Mann. Doch wenn ihn die Kinder einmal brauchen, stellt er sich immer als Berater zur Verfügung. Manchmal springt dabei natürlich auch eine Geschichte für seine Zeitung heraus.

Frau Küster ist Pits Mutter, eine ruhige, liebenswerte Frau, bei der man immer Rat und Zuflucht findet.

Kriminalrat Rübenach, von den Kindern **Rübezahl** genannt, ist ein ziemlich grobschlächtiger Typ, nicht unsympathisch, von rauhbeiniger Herzlichkeit. Doch gegen Privatschnüffler hat er etwas. Für ihn kommt es gar nicht in Frage, daß andere sich in die Arbeit der Polizei einmischen. Und wenn sie dann womöglich noch erfolgreicher sind als er selbst, wird er fuchsteufelswild. Wegen seiner großen Verdienste um die Aufklärung vieler Verbrechen ist Rübenach vom Kriminalhauptkommissar zum Kriminalrat befördert worden. Aber das hat seine schlechte Laune auch nicht verbessert.

Marie Luise Scheringer, 81, Kioskbesitzerin und Märchenerzählerin. Sie betreibt ihren kleinen Laden, in dem es von Lakritzstangen bis zum Kunstdünger alles gibt, in einer ehemaligen Baracke. Der Holzschuppen ist völlig mit Efeu eingewachsen. Seit 14 Jahren will die Stadt an dieser Stelle einen Verwaltungsbau errichten, aber

Frau Scheringer, die von allen liebevoll nur »Die Alte« genannt wird, hat sich bisher erfolgreich widersetzt, wobei ihr Jonnys Vater kräftig geholfen hat. Für »Die Alte« gibt es nichts Schöneres als einen neuen Fall. Dann lebt sie unheimlich auf, kombiniert, denkt mit, hat überraschende Ideen, ganz wie ihr Vorbild Miss Marple, der sie leider nicht nacheifern kann, weil sie nicht mehr gut genug zu Fuß ist.

Aufstieg bei schlechtem Wetter

Der Wind hatte nachgelassen, aber die Wolken waren tief zwischen den Berghängen hängengeblieben. Der Schnee fiel in leichten Flocken und bildete zusammen mit dem Wolkennebel einen nahezu undurchdringlichen Vorhang. Längst waren die Anoraks und die Hosen durchnäßt. Der Schnee verklebte die Augenwimpern, und die naßkalte Luft schien die Atemluft in den Nasenlöchern gefrieren zu lassen.

Paul Pepper ging mit gleichmäßigen Schritten voraus und versuchte dabei, mit seinen Füßen eine Art Treppe in den Schnee zu stapfen. Die Nachfolgenden sollten es leichter haben. Direkt hinter ihm ging Arnica. Die blonden Ponyfransen hingen ihr naß in die Stirn, und die kleinen Eisstückchen zwischen den Haaren schimmerten wie glänzende Perlen.

Als nächster folgte Jonny. Er atmete schwer. »Verdammt noch mal, wann kommt denn die Sonne endlich durch«, keuchte er. Ohne stehenzubleiben, antwortete Pepper über die Schulter: »Das schafft sie heute nicht mehr!«

»Aber ich seh sie doch – dort!« Jonny deutete nach oben, wo man tatsächlich einen hellen runden Punkt erkennen konnte.

Pit, der hinter Jonny ging, sagte: »Daher kommt also diese seltsame Helligkeit.«

Der Nebel war wirklich so hell, als ob er von allen Seiten angestrahlt würde, und der Schnee verstärkte dieses diffuse Licht noch, aber erkennen konnte man trotzdem nichts, denn Himmel, Wolken und schneebedeckte Erde gingen ineinander über. Nichts war zu unterscheiden. Wären nicht im Abstand von 15 bis 20 Metern immer wieder rote Markierungsstangen aufgetaucht – es wäre unmöglich gewesen, den Weg zu finden. Jonny bemerkte auch prompt: »Da braucht bloß einer ein paar Stangen zu klauen, und schon ist man verloren.«

»Oder es setzt einer die Stangen um«, ergänzte Pit laut von hinten, »so daß man direkt in einen Abgrund läuft, wenn man der Markierung folgt.«
»Hört bloß auf«, schimpfte Arnica.
»Also«, hob ganz vorne Paul Pepper an, aber da unterbrach er sich auch schon selber. Ein dumpfes, bedrohliches Grollen, begleitet von einem unnatürlichen Zischen und dann von lautem Krachen, als ob Holz in einer Feuersglut zerbersten würde, hatte ihm die Sprache verschlagen.
»Eine Lawine«, brüllte Pit.
Das Grollen wurde lauter, sie spürten einen heftigen Luftstoß, der sie in den Schnee warf. Arnica schrie gellend auf. Das Grollen wuchs nun zu einem ohrenbetäubenden Tosen an. Doch dann wurde der dumpfe Ton leiser und verebbte.
»Das war auf der anderen Talseite«, japste Pepper, der wie die anderen noch um Fassung rang, »die Druckwelle war allerdings ziemlich stark.« Er klopfte den Schnee von den Kleidern, und die Kinder folgten seinem Beispiel.
Jonny schimpfte: »Es ist eine Zumutung, daß wir hier noch zu Fuß rauf müssen. Inzwischen gibt's doch Schneefahrzeuge genug.«
»Ich habe mich ja erkundigt«, rechtfertigte sich Pepper, »aber als die Leute im Dorf hörten, daß wir zum Wanner-Sepp wollen, war plötzlich weit und breit kein Fahrzeug zu finden. Scheint ganz so, als ob der Wanner hier nicht besonders beliebt wäre.« Er spuckte in hohem Bogen in den Schnee und brummte dann: »Weiter geht's!«
Sie mußten sich noch eine gute halbe Stunde den Berg hinaufquälen, ehe endlich die Umrisse eines Gebäudes erst schemenhaft, dann immer deutlicher aus dem Nebel auftauchten. Der angenehme Geruch eines Holzfeuers wehte ihnen entgegen. Plötzlich wurde der Untergrund fester. Es waren sogar Stufen in den Schnee gegraben. Und da standen sie auch schon vor dem Haus, dessen

Giebelseite zum Tal hin zeigte und sich wie ein mächtiges, gleichseitiges Dreieck von der hellen Schneewand abhob.
Die Außenwand war aus starken, roh behauenen Stämmen zusammengefügt. Das Dach zog sich rechts und links fast bis zur Erde herab. Genau in der Mitte der Frontseite befand sich ein Windfang, hinter dem sich die Haustür verbarg. Rechts und links davon waren je zwei Fenster eingelassen, die mit starken Holzläden geschützt werden konnten. Hinter den beiden rechten Fenstern brannte Licht. Neben dem Windfang lehnte ein Reisigbesen, mit dem sich die Neuankömmlinge den Schnee von den Kleidern und Schuhen fegten. Dann trat Pepper in den Windfang und wollte die Tür öffnen.
»Na so was«, entfuhr es ihm, »seit wann schließt hier einer ab, wenn er zu Hause ist?« Er pochte kräftig mit der Faust gegen die Tür. Gleich darauf war von drinnen eine tiefe Baßstimme zu hören: »Ja, wer ist da?«
»Der Pepper, wie angekündigt.«
Die Tür ging auf, und auf der Schwelle erschien ein großer, breit gebauter Mann von etwa sechzig Jahren. Er hielt eine Jagdflinte schußbereit in der Hand.
Pepper hob zum Spaß beide Arme. »Nicht schießen, gut Freund.«
»Komm rein«, sagte Joseph Wanner und warf die Tür zurück bis zum Anschlag.
»Ich muß schon sagen, das ist ja eine recht merkwürdige Begrüssung!«
Pepper trat über die Türschwelle und hatte endlich Gelegenheit, dem Wanner-Sepp die Hand zu drücken. Arnica, Jonny und Pit drängten nach. Aus der Stube schlug ihnen warme Luft und der Geruch von Bratkartoffeln entgegen.
»Ja, seid ihr etwa zu Fuß heraufgekommen?« fragte Wanner verwundert.
»Die Hubschrauber waren schon alle besetzt«, gab Pepper sarkastisch zurück.

»Aber ich hab' doch den Franzl gebeten, er soll euch vom Omnibus abholen.«

»Da war niemand«, sagte Pepper.

Sie legten ihre nassen Schuhe ab, und Wanner hängte sie an Haken, die dicht bei einem großen, dunkelgrün gekachelten Ofen angebracht waren.

»Das Essen ist fertig«, sagte er. »Und für die Jugend gibt's ein heißes Skiwasser.«

»Was ist denn das?« wollte Arnica wissen.

»Himbeersirup, Zitrone und reines Quellwasser.«

Wanner ging zu einem großen Herd, nahm den Deckel von einem Topf und füllte mit einer Schöpfkelle drei Gläser. Das Skiwasser sah aus wie ein heller Rotwein.

»Ich versteh' das nicht mit dem Franzl«, sagte er dabei immer wieder kopfschüttelnd. »Ich versteh' das nicht!«

Er deckte den Tisch mit Tellern aus grober Keramik und mit Löffeln.

»Machst du dir Sorgen?« fragte Pepper.

»Die muß man sich hier so oder so immer machen«, antwortete Wanner unbestimmt.

Duell im Schnee

Franzl war Wanners Neffe und lebte seit seinem vierzehnten Lebensjahr bei dem Onkel in den Bergen. Seine Eltern hatten einen Lebensmittelladen in der Stadt, der mehr schlecht als recht ging. So waren sie froh, daß der Junge, der sich sowieso

viel lieber in der Natur als in der Stadt aufhielt, darum gebeten hatte, zu dem Bergbauern ziehen zu dürfen.
Franzl war dem Onkel eine große Hilfe. Im Sommer kümmerte er sich um die Herden auf den Almen, und wenn die Tiere im Herbst ins Tal getrieben waren, arbeitete er in der Käserei, baute die Berghütte aus oder schnitzte.
Franzl Wanner war ein stiller, in sich gekehrter junger Mann von 22 Jahren. An den langen Winterabenden las er in den Büchern, die er sich in der Leihbibliothek der Stadt besorgte. Im Frühjahr und Herbst widmete er sich seinen Pflanzen. Mit viel Geschick hatte er einen weitläufigen Alpengarten angelegt, in dem er die seltensten Blumen, Büsche und Kräuter aufzog. Schon mancher Botaniker von der Universität hatte den beschwerlichen Weg zu der Alphütte auf sich genommen, um in Franzls Garten die Pflanzen zu studieren.
An diesem Nachmittag war der junge Wanner mit der Schneekatze losgefahren, um die Gäste abzuholen. Er war schon früh gestartet, weil er die Ankunft des Busses auf keinen Fall versäumen wollte. Wenn die Wolken so tief zwischen den Felsen hingen, konnte man ohnehin nicht besonders schnell fahren.
Franzl ließ die Schneekatze, die über Ketten vorwärtsgetrieben wurde und als Steuer eine breite Kufe besaß, sanft zu Tal gleiten. Zunächst ging es über den Kopfengrat, wo ihm ein beißender Wind ins Gesicht fuhr und die Schneeteilchen wie Nadelspitzen in die Haut und in die Augen trieb. Dann führte der Weg steil hinab in die Geisterschlucht. Franzl folgte behutsam dem kaum erkennbaren gewundenen Pfad. Der Wind hatte hohe Schneewächten aufgeschichtet, durch die sich der Motorschlitten seine Spur bahnen mußte. Ein paar hundert Meter folgte der junge Mann der Schlucht, ehe er auf der anderen Seite steil hinauffuhr zu einer zweiten Fläche, die im Sommer eine der schönsten Almen war. Bei schönem Wetter konnte man hier weit bis ins Tal hinabsehen, wo sich der Fluß zwischen Wiesen und Feldern schlängelte. Hier

konnte der Schlitten leicht über die verharschte Schneedecke gleiten. Der Wind hatte den Pulverschnee weitergetragen und eine glitzernde glatte Ebene hinterlassen.
Franzl gab etwas mehr Gas und zog ein paar schöne, lange Schleifen in die weiße Fläche. Er überquerte den Fußweg, den eine Stunde später Paul Pepper und seine jungen Freunde heraufstapfen würden, und tauchte dann in die Finkenschlucht ein. Hier führte der Weg auf halber Höhe an der steilen Wand entlang. Er war extrem schmal und schwer zu befahren. Franzl nahm Gas weg. Der Motor tuckerte jetzt nur noch. Langsam glitt das Fahrzeug um eine Felsnase. Der Nebel wurde immer undurchdringlicher. Und nun, da der Franzl gut 400 Meter tiefer war als die Hütte, wurden auch die Schneeflocken nasser. Unten im Tal war es wahrscheinlich schon recht warm. Einen Augenblick hielt er an, um seine Schneebrille abzuwischen. Neulich hatte er irgendwo gelesen, daß es jetzt Brillen mit kleinen Scheibenwischern gab. So etwas wäre bei diesem Wetter sehr praktisch gewesen.
Er wollte gerade wieder losfahren, als er hinter sich ein Geräusch hörte. Erstaunt wandte er sich um. An der Felsnase erschien ein Rattrack – eines dieser gewaltigen Kettenfahrzeuge, die zur Pistenpflege eingesetzt wurden. Vorne hatte es eine breite Schaufel und hinten ein gewaltiges Stahlblech, mit dem es die Piste planieren konnte.
Drei runde Scheinwerfer erschienen als Lichtkreise im Nebel und warfen gebündelte Strahlen voraus. Der Motor röhrte, als ob der Fahrer bis zur Höchstgeschwindigkeit beschleunigte. Das wunderte Franzl, denn der Weg durch die Schlucht war viel zu gefährlich, um ihn mit überhöhter Geschwindigkeit zu fahren. Franzl winkte, denn er wollte auf sich aufmerksam machen, damit der Rattrack-Fahrer rechtzeitig abstoppen konnte.

Das Fahrzeug hielt unvermindert auf ihn zu. Plötzlich spürte der junge Wanner, daß ihm Gefahr drohte. Er schob den Hebel für den Vorwärtsgang ein und drehte das Gas auf. Der riesige Rattrack war nur noch wenige Schritte hinter ihm. Sein Motor heulte so laut auf, daß Franzl das Geräusch seines eigenen Schlittens nicht mehr hörte. Die Schneekatze machte einen Satz nach vorne. Franzl kannte den Weg in- und auswendig. Aber so schnell war er ihn noch nie gefahren. Insgeheim schüttelte er den Kopf. Sollte es der Fahrer des Rattrack auf ihn abgesehen haben, hatte er das nicht besonders intelligent angefangen. Eine Schneekatze war immer schneller und wendiger als ein Rattrack!

So weit war er mit seinen Gedanken gekommen, als plötzlich drei Scheinwerfer vor ihm auftauchten. Einen Augenblick lang dachte der junge Wanner, er habe Halluzinationen, denn die Lichtanordnung war genau wie bei dem Fahrzeug, das ihn verfolgte. Aber in Enzensweiler gab es insgesamt fünf solche Pistenrattracks, also war es gut möglich, daß ein zweiter unterwegs war.

Franzl blinkte auf und hupte wie wild. Das entgegenkommende Fahrzeug fuhr mit gleichbleibender Geschwindigkeit auf ihn zu. Franzl bemerkte plötzlich, daß er vor Angst zitterte. Unter der Schneebrille lief ihm der kalte Schweiß in die Augen und machte ihn fast blind. Er nahm das Gas weg und überlegte fieberhaft, was er tun sollte. Kein Mensch im Dorf war so verrückt, ihn niederzuwalzen, auch wenn man bedachte, daß zwischen seinem Onkel und einigen Leuten drunten in Enzensweiler ein böser Streit schwelte.

Franzl überlegte, ob er es einfach darauf ankommen lassen sollte, was passieren würde. Er hielt seine Schneekatze vollends an. Gehetzt richtete er abwechselnd seine Blicke nach hinten und nach vorne. Die beiden Maschinen bewegten sich mit gleichbleibender Geschwindigkeit auf ihn zu. Beide waren nun etwa gleich weit von ihm entfernt. Es mochten noch zehn oder fünfzehn Meter sein. Trotzdem verringerten die Fahrer die Geschwindigkeit nicht. Mit der Präzision eines Uhrwerks fuhren sie weiter in seine Richtung. Franzl stieg der beißende Geruch der Dieselabgase in die Nase.

Die Silhouette der beiden Fahrzeuge zeichnete sich jetzt immer deutlicher ab. Schon konnte er hinter den Scheiben, auf denen die Wischer schnell hin- und herfuhren, schemenhaft Gesichter erkennen. Jetzt erfaßten ihn die Scheinwerfer. Spätestens in diesem Moment hätten die Fahrer stoppen müssen. Statt dessen aber heulten die Motoren im Gleichklang auf, und die Kettenraupen fraßen sich noch schneller durch den Schnee.
Franzl machte einen gewaltigen Satz in die Schlucht hinab, kam wieder auf die Füße und rollte sich sofort über die Schulter ab. Der Schnee war weich und pulvrig. Er verstopfte dem jungen Mann einen Augenblick lang die Atemwege. Wild rudernd befreite sich Franzl Wanner aus dem Tiefschnee und setzte in gewaltigen Sprüngen vollends hinab bis zur Sohle des engen Einschnitts. Hinter sich hörte er das Geräusch von berstendem und splitterndem Metall.
Er blieb stehen und horchte in den Nebel hinein. Undeutlich vernahm er Männerstimmen und ein lautes hämisches Lachen. Eine ohnmächtige Wut stieg in ihm auf. Stumm schüttelte er die Faust in Richtung der Steilwand und begann den mühevollen Aufstieg.

Paul Pepper und die Kinder aßen schweigend. Der Wanner-Sepp hatte seinen Kopf auf die Hände gestützt und war in tiefes Nachdenken versunken.
Pepper fragte: »Warum machst du dir denn solche Sorgen, Sepp?«
»Die sind zu allem fähig«, antwortete Wanner düster.
»Wer, die?«
»Die von der Liftgesellschaft.«
»Und warum?«
»Sie wollen drei Lifte heraufbauen bis zum Kopfengrat, und dann einen richtigen Skizirkus machen. Aber wir haben sowieso schon zu viel Lifte!«
»Aber wenn Skifahrer kommen, das bringt doch auch Geld«, wandte Jonny ein.

»Man muß wissen, was einem mehr wert ist. Für einen Skizirkus muß man mindestens vier Hektar Wald roden. Und der Wald ist sowieso schon krank!« Wanner schlug wütend mit der Faust auf den Tisch. Draußen war Motorengeräusch zu hören.
»Das wird er sein!« sagte Pepper.
Aber Wanner schüttelte den Kopf. »Das ist ein Rattrack!« Er stand ohne Hast auf und griff nach seinem Gewehr. Das Motorengeräusch verstummte. Wanner ging langsam zur Tür und entsicherte seine Waffe. Draußen hörte man Schritte, gleich darauf klopfte es.
»Wer ist da?« rief Wanner.
»Der Michel!«
»Welcher Michel?«
»Michel Hallhuber!«
Wanner zog den Riegel zurück und öffnete die Tür, wobei er zwei Schritte zurücktrat und die Waffe hob.
»Was soll denn das?« Der Mann, der hereintrat, war größer und massiger als der alte Wanner. Er trug einen schwarzen Bart, in dem sich die Atemluft als Eiskruste niedergeschlagen hatte. Auch die dichten, weit vorstehenden Augenbrauen waren schwarz. Pepper schätzte den Mann auf Anfang dreißig.
»Grüß dich, Sepp«, sagte er jetzt. »Hast Gäste?«
»Was willst du?« herrschte ihn der Wanner an.
»Tja, ich glaub', deinem Franzl ist was passiert. Ich komm' da grad die Finkenschlucht rauf und seh' die Schneekatze ... – genauer das, was davon noch übrig ist, liegen. Aber der Franzl war nirgends zu finden.«
»Und woher weißt du, daß es meine Schneekatze ist?« fuhr ihn Wanner an. »Und woher willst wissen, daß der Franzl damit gefahren ist?«
Paul Pepper und seine Freunde hörten gespannt zu. Der Neuankömmling wand sich. »Wer wird denn sonst hier heroben unterwegs sein!«

»Du zum Beispiel!« blaffte Wanner.
Paul Pepper erhob sich ächzend vom Tisch und trat zu den beiden. Dabei schob er sanft den Gewehrlauf, den Wanner noch immer auf Michel Hallhuber gerichtet hatte, zur Seite.
»Irgendwelche Spuren von dem Fahrer der Schneekatze?« fragte er.
»Ja, sieht so aus, als ob er in die Schlucht hinunter wär'.«
Pepper schaute dem Michel in die Augen, bis dieser den Blick senkte. Dann ging er zum Ofen, holte seinen Parka und zog ihn über.
»Gehen wir!« befahl er kurz angebunden.
»Was ist los?« fragte Michel Hallhuber irritiert.
»Ich will mir das mal ansehen. Spurensicherung würde man das bei uns in der Stadt nennen.«
Mit einem Schlag wurde Hallhuber bleich. »Was reden Sie denn da? Sind Sie etwa von der Polizei?«
»Kommen Sie!« sagte Pepper. »Fahren Sie uns zu der Stelle.«
»Jahaa«, machte der Hallhuber gedehnt, »ich muß eigentlich rüber zum Kopfengrat, ich wollt' bloß dem Wanner schnell Bescheid sagen, daß er nach seinem Buben schaut!«
Pepper ging zu seinem Rucksack, kramte eine Weile darin herum und brachte dann seinen schweren Revolver hervor. Er prüfte mit geübten Handgriffen, ob er geladen war und steckte ihn dann in die Tasche seines Parkas.
»Gehen wir«, sagte er noch mal, »so viel Zeit muß sein. Komm, Sepp!«
»Und wir?« fragte Pit.
»Ihr könnt die restlichen Kartoffeln essen!«
Pepper packte Michel Hallhuber an der Schulter und schob ihn vor sich her zur Tür hinaus. Als die Tür ins Schloß fiel, schlug Pit wütend mit der flachen Hand auf den Tisch. »Das zahl ich ihm heim!« schimpfte er.
»Irgendwann braucht er uns auch mal wieder.«

Jonny zog gelassen die Pfanne mit den Bratkartoffeln zu sich her und häufte einen großen Schlag auf seinen Teller.
»Alles zu seiner Zeit«, grinste er und schob sich einen riesigen Happen zwischen die Zähne.

Keine Zeugen - keine Beweise

Der Schneefall hatte etwas nachgelassen. Pepper und Wanner standen hinter dem Fahrersitz im Führerhaus des Rattracks und schwiegen verbissen. Auch Michel Hallhuber sagte nichts. Er fuhr auf dem direkten Weg zur Finkenschlucht, und Pepper hatte genug Gelegenheit, sich über die Geländegängigkeit des Raupenfahrzeuges zu wundern. Keine Steigung schien ihm zu steil und keine Schneewächte zu hoch zu sein.
Als sie die Unfallstelle erreichten, sprang der Wanner-Sepp als erster hinaus. Die Schneekatze war nur noch ein Wrack. Eine der Ketten war gerissen und lag in ihrer ganzen Länge im Schnee. Der gebrochene Lenker hing an beiden Seiten neben der Steuersäule herab. Das Motorgehäuse glich einer mutwillig zerquetschten Konservendose. Wanner trat wütend mit dem Fuß dagegen, aber Pepper legte ihm besänftigend den Arm auf die Schulter und brummte: »Laß mich mal!« Der Detektiv kauerte sich neben der kaputten Pistenkatze in den Schnee.
»Ich fahr dann mal weiter!« rief Hallhuber.
»Nein«, ordnete Pepper mit ruhiger Stimme an, »Sie bleiben erst mal hier!«
»Sie haben mir nichts zu befehlen!«

»Hiergeblieben«, sagte Pepper scharf, »oder haben Sie vielleicht ein schlechtes Gewissen?« Dabei fuhr er mit der Fingerkuppe über das zerknitterte Blech. Er hob die Augen, sah Hallhuber an und sagte: »Da, der Abrieb! Man wird im Labor leicht feststellen können, von wo er stammt. Ich wette tausend zu eins, daß er von den Ketten eines Rattracks kommt. Auch die Spuren im Schnee zeigen deutlich, daß hier ein Zusammenprall stattgefunden haben muß.«
»Was geht mich das an?« polterte Hallhuber los. »Da fährt man ganz gemütlich den Berg rauf, entdeckt eine kaputte Schneekatze, ist auch noch so gutmütig, den Besitzer zu informieren, und dann wird man einfach verdächtigt!«
»Na, so ganz einfach nicht, mein Lieber«, stellte Pepper fest. »Bei uns nennt man das einen begründeten oder auch einen hinreichenden Verdacht!«
»Also ich hör mir das G'schwätz nimmer länger an!«
Hallhuber stieg auf seinen Rattrack. Pepper war schneller neben ihm, als man das einem Mann seines Alters zugetraut hätte. Er hielt jetzt seinen Revolver in der Hand.
»Wo wollen Sie hin?«
»Hab' ich doch schon gesagt – – zum Kopfengrat!«
»Sie fahren jetzt runter nach Enzensweiler – und zwar auf der Diretissima, wenn Sie wissen, was ich damit meine!«
Pepper winkte Wanner, er solle mit aufsteigen. Hallhuber biß sich auf die Unterlippe und ließ den Motor an. Gemeinsam betraten sie eine halbe Stunde später den Polizeiposten von Enzensweiler. Der einzige Beamte, den es in diesem Alpendorf gab, schenkte sich gerade aus einer Thermosflasche Kaffee in eine Tasse. Daneben, auf einem kleinen Teller, lagen zwei Stücke Gugelhupf. »Ach, der Hallhuber-Michel«, rief er fröhlich, »habe die Ehre!« Erst dann entdeckte er den alten Wanner, und sofort verfinsterte sich sein Gesicht. »Kommst wieder, um eine von deinen blöden Verdächtigungen auszusprechen?« grummelte er. Doch dann betrat Pepper den Raum und sagte ernst: »Ich empfeh-

le Ihnen, diesen Mann vorläufig festzunehmen, und zwar unter dem Verdacht der vorsätzlichen Sachbeschädigung und der versuchten Körperverletzung. Könnte leicht sein, daß sich das noch auf einen Mordversuch erweitert!«
Der Polizist starrte Pepper an. »Verstehen Sie denn was davon?«
»Ja sicher!«
»Wovon soll er was verstehen?« fragte Hallhuber böse.
»Na ja, er redet wie ein Rechtsanwalt!«
Pepper schüttelte den Kopf. »Eher wie ein Polizist, würde ich denken.«
»Sind Sie denn einer?«
»Ich war lange Jahre einer. Jetzt arbeite ich auf eigene Rechnung. Pepper, mein Name.«
»Etwa Paul Pepper?« fragte der Polizeibeamte überrascht.
Hallhubers Kopf war während des kurzen Disputs zwischen Paul Pepper und dem Polizisten hin- und hergefahren wie bei einem Ping-Pong-Spiel.
»Ja, genau der!«
»Sie haben mal einen Vortrag gehalten bei der Fortbildung in Tutzing!«
»Stimmt«, Pepper erinnerte sich, » ›Spurensicherung am Tatort‹ hieß das Thema.« Er lachte leise, »so etwas Ähnliches haben wir gerade auch hinter uns.«
»Aber der Hallhuber hat garantiert nichts angestellt.« Nun lachte auch der Polizist, »der ist ein anständiger Bursch!«
»Ich hab' auch Zeugen, daß ich's nicht war!« rief nun Michel Hallhuber.
»Was warst du nicht?« fragte der Polizist.
»Ich hab' den Franzl nicht zusammeng'fahren!«
»Ach, der ist zusammengefahren worden?« Der Polizeibeamte war plötzlich sehr aufmerksam und spannte einen weißen Papierbogen in seine altertümliche Schreibmaschine. Mit zwei Fingern tippte er oben rechts das Datum. Dann stellte er auf Großbuchsta-

ben und schrieb, indem er zwischen jedem Zeichen auf die Leertaste drückte:

P R O T O K O L L

Er hob den Kopf und wischte mit dem Handrücken über die Stirn, als ob er gerade Schwerstarbeit verrichtet hätte.
»Also«, sagte er dann gewichtig, »berichten Sie!«
Pepper erzählte in knappen Sätzen, was er in der Finkenschlucht entdeckt hatte. Er schloß mit den Worten: »Nach meinen Recherchen haben sich zwei Rattracks mit gleich breiter Kettenspur auf die Schneekatze zubewegt. Der eine kam von oben, der andere von unten. Sie haben das kleinere Fahrzeug regelrecht in die Mangel genommen und von beiden Seiten zusammengedrückt. Der Fahrer der Schneekatze muß abgesprungen sein, denn wir haben seine Spur im Schnee ein Stück weit verfolgen können. Vermutlich ist er jetzt zu Fuß unterwegs, hier herab ins Dorf oder hinauf zur Wanner-Hütte.«
Der Polizist tippte auch diese Sätze ins Protokoll und erhob sich dann. Schließlich sagte er: »In Enzensweiler gibt es dreizehn Männer, die einen Rattrack fahren können. Was bringt Sie zu der Überzeugung, daß ausgerechnet Michel Hallhuber...«
Pepper unterbrach ihn ärgerlich. »Das habe ich Ihnen doch gesagt: Er ist von der Finkenschlucht direkt zur Hütte gefahren, um meinen Freund Sepp Wanner zu unterrichten.«
»Aber warum sollte er das tun, wenn er der Täter war?«
»Um vorzutäuschen, daß er gar nichts damit zu tun hatte...«
»Da sehen Sie's«, fuhr der Beamte dazwischen. Aber Pepper ließ sich nicht so leicht aus der Fassung bringen, »... daß er nichts damit zu tun hatte, obwohl er beteiligt war. Eine Finte, weiter nichts.«
»Das beweisen Sie mal!« bellte der Polizist.
»Ich bin im »Löwen« gesessen und hab' Schafkopf gespielt«, meldete sich Hallhuber.

»Von wann bis wann?« fuhr ihn Pepper an.
»Und ich hab' Zeugen dafür!« sagte Hallhuber seelenruhig.
»Das werden wir ja sehen, wieviel die wert sind«, knurrte Pepper.
»Die Spur des Rattracks von der Unfallstelle bis zur Hütte wird ja beweisen...«
»Gar nix!« sagte Wanner finster. »Da, schau mal zum Fenster raus!«
Der Schnee fiel inzwischen in großen, dichten Flocken.
»Die reinsten Taschentücher kommen da runter!« stellte der Polizist fest und lächelte stillvergnügt dabei. »Bis Sie wieder in der Finkenschlucht sind, werden alle Spuren verweht sein. Überhaupt: in einer halben Stunde ist's Nacht, und dann suchen Sie mal Spuren, Herr Exkollege!«
»Haben Sie kein Fahrzeug, das uns da hinaufbringt?« fragte Pepper.
»Schon, aber das brauche ich hier!«
»Aha!« Pepper starrte den Polizisten wütend an.
»Nun konntest du gleich mal erleben, wie das hier so ist«, sagte Joseph Wanner. »Komm, laß uns gehen!«
Aber so schnell ging das nicht. Michel Hallhuber baute sich vor Pepper auf. »Das ist Ihnen wohl klar, daß ich das nicht auf mir sitzen lasse!«
Pepper sah dem jungen Mann direkt in die Augen. »An Ihrer Stelle würde ich mein Maul nicht so weit aufreißen, Herr Hallhuber!«
»Ich verklag' Sie wegen übler Nachrede«, giftete der Rattrack-Fahrer.
»Find' ich prima«, antwortete Pepper, »auf diese Weise müßte sich ein unabhängiger Richter mit der Sache beschäftigen. Ich nehme an, Herr... äh...«, er schaute rasch auf das Schild, das auf dem Schreibtisch des Polizeibeamten stand, »Herr Anton Moser wird Ihre Anzeige auf der Stelle aufnehmen!«
Pepper wandte sich dem Beamten zu und sah ihn auffordernd an.

»Am besten, du vergißt es!« sagte er zu Michel Hallhuber.
»Wahrscheinlich, was soll man sich mit so einem auch rumärgern«, antwortete Hallhuber, winkte geringschätzig ab und verließ den Polizeiposten.
Pepper beugte sich zu dem Polizisten hinab. »Es ist Ihnen vielleicht noch nicht so ganz klar, Herr Moser, aber ab heute können Sie hier nicht mehr so schalten und walten wie bisher. Dafür werde ich sorgen!«
Man sah Moser an, daß er sich nicht besonders behaglich fühlte. »Sie haben wohl noch nie Dienst auf so einem Posten gemacht, was?« fragte er ziemlich kleinlaut.
»Nein, aber egal, wo man arbeitet als Polizist – fair sollte man immer sein, Herr Polizeimeister!«
Damit verließ Pepper, gefolgt von seinem Freund, die Wache.
Draußen sog er die Luft tief ein und sagte: »Und jetzt?«
»Tja, ich fürchte, wir müssen zu Fuß wieder rauf!« antwortete Wanner.
»Einmal hätte mir eigentlich gereicht!« Pepper sah ganz unglücklich aus.
»Mir macht das nichts aus, ich bin's gewohnt.«
»Aber ich nicht. Weißt du was, ich quartier' mich im »Löwen« ein, und morgen früh komm' ich rauf. Willst du das nicht auch machen? Ich lad' dich ein.«
»In den »Löwen« bringen mich keine zwölf Pferde rein«, knurrte Wanner. »Da lauf ich lieber zehnmal rauf und runter!«
»Stur bist du aber auch!« sagte Pepper.
»Einen alten Mann wie mich änderst du nicht mehr!«
Pepper nickte. »Wem sagst du das!«
Wanner ging die Dorfstraße hinauf. Das warme Licht hinter den gelben Butzenscheiben des Gasthofs »Löwen« leuchtete verlockend. Dennoch bog auch Pepper mit ab, als sie die Kirche erreichten, an der ihr steiler Aufstieg begann.
Inzwischen hatte sich bereits die Dämmerung über die Berge

gelegt. Der Schneefall war eher noch stärker geworden. Der Wind frischte auf und trieb die Flocken in wildem Spiel vor sich her. Joseph Wanner und Paul Pepper stiegen in verbissenem Schweigen den Berg hinauf. Wie alle Menschen, deren tägliches Brot es war, diese steilen und zum Teil gefährlichen Wege zu gehen, hatte sich auch Wanner einen gleichmäßigen, langsamen Schritt angewöhnt. Beharrlich setzte er Fuß vor Fuß. Pepper folgte ihm, die Augen auf die Fersen des Vordermannes gerichtet. Schon nach wenigen Minuten wirkte der gleichmäßige Anstieg fast einschläfernd auf ihn. Er spürte die Anstrengung kaum und verlor das Gefühl für die Zeit.

Vor Jahren war er schon einmal so hinter Joseph Wanner hergegangen. Freilich war das damals nicht hier in den Alpen, sondern an den Gebirgshängen der Anden gewesen. Sie hatten beide einer Forschungsexpedition angehört und waren auf der Suche nach den Spuren alter indianischer Kulturen gewesen – genauer gesagt waren es die Leiter der Expedition. Pepper war als Techniker dabei und Joseph Wanner als Koch. Aber sie hatten natürlich die gleichen Strapazen zu überwinden wie die Wissenschaftler. Und zudem mußten sie noch eine weit schwerere Ausrüstung mitschleppen. Pepper hatte damals gelernt, sich voll und ganz auf Sepp zu verlassen. Der hatte gerade in den Bergen ein untrügliches Gespür für den richtigen Weg. Von Anfang an verließen sich auch die Wissenschaftler auf die Etappeneinteilung Wanners. Und am Ende war es der Älpler gewesen, der mit seiner unvergleichlichen Spürnase das seit 1200 Jahren verlassene Indiotal gefunden hatte.

Für Pepper freilich war eine andere Eigenschaft Wanners viel wichtiger gewesen – seine unerschütterliche Kameradschaft. Joseph Wanner hatte niemals den eigenen Vorteil im Auge. Beim Essen teilte er nicht nur brüderlich, er sah vielmehr mit Argusaugen darauf, daß jene, die nicht so stark waren, besonders gut verköstigt wurden. Wer Sorgen hatte, konnte sicher sein, daß Wanner sie ihm an der Nasenspitze ablas und einen einfachen, aber wirksa-

men Rat wußte. Und wenn es unangenehme Arbeiten gab, waren er und Pepper grundsätzlich die ersten, die sich freiwillig meldeten.
Dies alles ging Pepper durch den Kopf. Um so unverständlicher war es ihm, daß dieser Joseph Wanner in Enzensweiler nur Feinde haben sollte. Er nahm sich vor, später mit dem Freund noch einmal darüber zu sprechen. Jetzt wäre jedes Wort eine unnötige Kraftvergeudung gewesen.
Der Schnee hatte tatsächlich alle Spuren verweht. Manche der Markierungsstangen waren inzwischen fast in den Schneemassen verschwunden. Joseph Wanner allerdings schien gar nicht nach den Stangen zu schauen. Er hätte den Weg auch blind aufsteigen können. Etwa hundert Meter unter der Hütte trafen sie auf Spuren. Hier war vor kurzer Zeit noch ein anderer Mensch gegangen. Sepp Wanner beugte sich weit vor, ohne den Rhythmus seiner Schritte zu ändern, und stellte fest: »Das sind die Schuhabdrücke vom Franzl.« Pepper nahm's zur Kenntnis, ohne zu antworten. Der Weg hatte ihm doch sehr zu schaffen gemacht, und er spürte eine tiefe Müdigkeit. Immerhin war er am Morgen des gleichen Tages noch zu Hause gewesen, weit drunten im Flachland. Der Klimawechsel und die Aufregungen dieses Tages hatten ihm zugesetzt. So war er außerordentlich froh, als sie die Hütte endlich erreichten.
Arnica, Pit, Jonny und Franzl saßen um den großen Tisch auf der Eckbank. Franzl war ein schmaler, sehniger Kerl mit einem wettergebräunten Gesicht. Er wirkte sehr niedergeschlagen. Noch ehe die Männer »Grüß Gott« sagen konnten, rief er: »Ich kann garantiert nichts dafür, Onkel Sepp!«
»Ja, ich weiß, ich hab's gesehen«, antwortete Wanner dumpf. »Ich bin froh, daß dir nichts passiert ist.«
»Aber die Schneekatz' ist hin!«
»Man wird sehen!« sagte Wanner unbestimmt.
»Ist das Fahrzeug denn so wichtig?« fragte Pepper.

»Wichtiger als das Auto in der Stadt«, brummte Wanner unwillig, »oder meinst du, hier gäb's öffentliche Verkehrsmittel?«
»Das heißt, Sie müssen alle Wege und alle Transporte zu Fuß erledigen?« fragte Jonny entsetzt.
»So ist es, junger Mann. Und versichert ist man gegen so etwas auch nicht.«
Pepper ließ sich schwer auf die Eckbank fallen. Er rang noch immer nach Atem, und der Schweiß stand ihm in dicken Perlen auf der Stirn. Wanner öffnete zwei Bierflaschen und schob seinem alten Freund eine hin.
»Dann werden wir morgen eben eine neue Schneekatze kaufen«, beschloß Pepper.
»Da kann ich doch nur lachen. Weißt du, was so etwas kostet?«
»Ich kann mir's denken!«
»Unter siebentausend Mark kriegst du da nichts Gescheites!«
»Ja, und?«
Wanner starrte Pepper an, als ob er nicht ganz zurechnungsfähig sei.
»Schau«, sagte Pepper, »ich habe in den letzten Monaten ein paar ziemlich spektakuläre Fälle gehabt. Zweimal hintereinander habe ich hohe Erfolgsprämien von Versicherungen kassiert. Was soll ich mit all dem Geld? Mehr als zwei Schnitzel am Tag kann ich auch nicht essen.«
»Aber ich kann mir doch von dir keine Schneekatze schenken lassen!«
»Sollst du auch nicht. Aber bis wir den Fall geklärt und die Schuldigen überführt haben, kann ich dir doch so ein Ding leihen.«
»Du hast gut reden. Die Täter überführen! Wie willst du das denn machen? Die Leute halten zusammen wie Pech und Schwefel. Da rennst du gegen eine Wand!«
»Wände kann man auch überwinden«, stellte Pepper fest und nahm einen langen Schluck aus der Bierflasche.

»Haben Sie denn wirklich niemanden erkannt?« fragte Pit den Franzl.
»Du kannst ruhig »du« zu mir sagen«, antwortete der. »Dies gilt übrigens für euch alle.«
»Grundsätzlich«, fügte Sepp Wanner hinzu, »oberhalb 1500 Meter sagen alle Leute zueinander »du«!«
Die Kinder freuten sich. Franzl fuhr fort: »Ich hab keinen erkannt. Aber selbst wenn – das würde auch nicht viel nützen. Die bestätigen sich doch alle gegenseitig, daß sie in der Wirtschaft gesessen sind und Schafkopf gespielt haben.«
Pepper nickte. »Ja, das glaube ich sofort. Aber es gibt ja auch noch Indizien.« Jetzt bekam er einen listigen Zug um die Augen. »Außerdem könnte man euren Gegnern eine Falle stellen. Aber zuerst würde ich gerne einmal wissen, wie es zu einem so schlimmen Streit kommen konnte.«
Er wandte sich an den alten Wanner: »Dich kenne ich doch als ausgesprochen friedlichen Menschen, Sepp!«
»Ich bin so lange friedlich, bis mir der Kragen platzt. Bis vor zwei Jahren gab's überhaupt keine Probleme. Ich war sogar im Gemeinderat, und die Leute von Enzensweiler haben auf mich gehört. Aber das wurde schlagartig anders, als es um die Erweiterung des Skigebietes ging. Der Anton Meyer – im Dorf wird er nur Liftl-Toni genannt –, also der Toni legte einen Plan vor, nach dem der ganze Kopfengrat und das angrenzende Gebiet mit neuen Sesselbahnen und Schleppliften erschlossen werden sollte. Vor kurzem haben wir aber für teures Geld unsere Wälder hier oben untersuchen lassen. Und dabei hat es sich herausgestellt, daß einundfünzig Prozent unseres Baumbestandes schon erkrankt sind. Wir machen seitdem wieder Aufforstungspläne. Ich selber hab zwei Hektar Weideland abgegeben, damit man Jungbäume pflanzen kann. Das läßt sich auch alles ganz gut an. Der Plan vom Liftl-Toni aber führt dazu, daß man vier oder gar fünf Hektar ziemlich gesunden Wald abholzen müßte. Nur damit die verwöhnten

Skifahrer aus der Stadt ein bißchen eleganter und länger ins Tal rauschen können.«

Pepper wiegte seinen schweren Kopf hin und her. »Und keiner ist auf deiner Seite?«

»Einige schon, aber das sind keine Leute, die hier in der Gegend etwas zu sagen haben. Der Pfarrer hat zu mir gehalten, aber der ist dann ziemlich rasch versetzt worden. Dann ein paar junge Leute, so Grüne halt. Aber die wichtigen Männer im Dorf haben alle miteinander die Hand gehoben, als es darum ging, für Tonis Pläne zu stimmen.«

»Aber es wird doch noch gar nicht gebaut«, wandte Arnica ein.

Zum ersten Mal huschte ein Lächeln über das Gesicht des alten Bergbauern. »Ja, bis jetzt noch nicht. Ich habe Einspruch erhoben, und zwar ganz genau nach Recht und Gesetz. Der Anwalt kostet zwar einen Haufen Geld, aber so leicht laß ich mich nicht überrumpeln. Der Anwalt hat zunächst eine einstweilige Verfügung erreicht, nach der nicht gebaut beziehungsweise abgeholzt werden kann, bevor nicht der endgültige Gerichtsentscheid da ist.«

»Und Sie... äh... du bist der einzige, der klagt?« fragte Pit.

»Na ja, ein paar Leute unterstützen mich, auch finanziell, aber die Klage habe ich alleine erhoben. Und deshalb setzen mir die anderen ja auch so zu.« Er winkte müde ab.

»Ihr könnt euch ja nicht vorstellen, was die schon alles probiert haben! Mal haben sie nachts einen Brand gelegt. Zweimal ist schon auf mich geschossen worden. Letzten Winter haben sie dort oben...«, er deutete mit dem Daumen über die Schulter in Richtung Bergspitze, »da haben sie eine Lawine ausgelöst!«

»Um Gottes willen«, entfuhr es Arnica, und sie zog unwillkürlich den Kopf zwischen die Schultern. Wanner lachte.

»Brauchst keine Angst zu haben, Mädel, die Lawinen suchen sich ihren Weg. Und der führt garantiert nicht über den Buckel, auf dem unsere Hütte steht. Trotzdem wurde durch die Druckwelle das Dach abgedeckt.«

»Ja, wie heftig so eine Druckwelle sein kann, haben wir beim Aufstieg gemerkt«, warf Pepper ein.
»Aber was machen wir jetzt?« wollte Jonny wissen.
»Zuerst gehen wir mal schlafen«, antwortete Pepper. »Morgen ist auch noch ein Tag!« Er streckte sich und trat ans Fenster. Er öffnete einen Flügel. Ein Schwall kalter Nachtluft drang herein. Pepper beugte sich hinaus und sah zum Himmel hinauf. »Es hat aufgehört zu schneien. Man sieht sogar Sterne am Himmel!«
»Dann wird's heute nacht aber sakrisch kalt!« rief der Wanner-Sepp. »Am besten füll' ich euch noch ein paar Bettflaschen. Die Schlafzimmer sind nämlich nicht geheizt.«
Pepper schloß das Fenster wieder. »Blödsinn! Bettflaschen! Wir haben Schlafsäcke dabei. Und wer nicht abgehärtet ist, kann es hier ja werden. Frühstück um neun. Und daß ihr euch die Zähne putzt, bevor ihr in die Koje geht.«
Pit grinste Pepper breit an: »Ay, ay Captain!«
Jonny rief: »Wird gemacht, Papa!«
»Wenn schon, dann Großpapa!« brummte Pepper.

Wo ist das Corpus delicti?

Am anderen Morgen kam Paul Pepper nur sehr schwer aus den Federn. Er hatte tief und traumlos geschlafen. Es war schon kurz nach neun Uhr, als er im Wohnraum erschien. Arnica, Pit, Jonny und Franzl saßen beim Frühstück. Der alte Wanner wirtschaftete am Herd herum, in dem ein Holzfeuer knisterte. Pepper ließ sich auf der Eckbank nieder.

»Gut geschlafen?« fragte der Gastgeber.
»So gut wie schon lange nicht mehr.«
»Ich hab fast kein Auge zugetan«, jammerte Franzl mit verquälter Miene. »Dauernd habe ich überlegt, wie ich den Schaden hätt' verhindern können.«
»Mach dir mal nicht so viele Gedanken«, tröstete ihn Pepper, »ich hab die Unfallstelle genau betrachtet. Du hattest überhaupt keine Chance.«
»Unsinn!« polterte der alte Wanner und hob vorsichtig drei Spiegeleier aus der Pfanne, um sie Paul Pepper zu servieren. Der nickte zufrieden. »Das nenne ich ein Frühstück.«
Draußen schien die Sonne. Erst jetzt konnten die Gäste feststellen, wie schön ihre Umgebung war. Die verschneiten Hänge lagen glitzernd zwischen den steil aufragenden, kantigen Felsen, und über das ganze Bild spannte sich ein blitzblauer Himmel.
»Was für ein Tag«, sagte Pepper, als er zusammen mit den anderen vor die Tür trat.
»Schade, daß wir die Skier noch nicht hier oben haben«, bedauerte Arnica.
»Sobald wir die neue Schneekatze haben, schaffen wir sie herauf«, meinte Pepper, »aber zuerst wollen wir uns den Tatort noch mal ganz genau anschauen.«
Sie stapften durch den Schnee, der so leicht und pulvrig war, daß er bei jedem Schritt aufstäubte. Als sie die Finkenschlucht erreichten, lag eine glatte, unberührte Schneefläche vor ihnen. Der Weg war kaum von dem Steilhang der Schlucht zu unterscheiden. Das Schneetreiben des vergangenen Abends hatte über alles einen weißen Mantel gebreitet. Paul Pepper beschleunigte seine Schritte. Er konnte sich an die Stelle, an der die Schneekatze zusammengefahren worden war, genau erinnern. Jetzt aber überkam ihn eine böse Vermutung. Und die sollte sich alsbald bestätigen. Von dem Schneefahrzeug war nichts mehr zu finden.
»Das Corpus delicti ist verschwunden«, stellte Pepper fest.

»Was ist?« fragte der alte Wanner verständnislos.
»Die Täter haben die Schneekatze kurzerhand beseitigt und die Unfallstelle so eingeebnet, daß der Schnee sie sauber zudecken konnte. Selbst der geschickteste Spurensucher wird hier nichts mehr finden.«
Pit begann wütend mit den Händen im Schnee zu buddeln.
»Laß das doch, Junge«, sagte Pepper, »das bringt nichts!«
Im gleichen Augenblick zerrte Pit eine Schneebrille hervor und schwang sie hoch über seinem Kopf. »So – und? Ist das gar nichts? So eine Brille hatte gestern der Michel Hallhuber auf. Ich hab's genau gesehen. Als er in die Hütte gekommen ist, hat er sie mit einer lässigen Bewegung auf die Stirn geschoben.«
»Das stimmt«, bemerkte Wanner ernst.
»Wieviele solcher Brillen mag es geben?« fragte Pepper.
»Nur eine«, rief Pit triumphierend. »Da! Das Band ist ersetzt worden. Es ist gestrickt und nicht, wie sonst üblich, ein Stretch- oder Gummizug.«
»Zeig her!« Pepper griff gierig danach. Dann nickte er ein paarmal. Schließlich sagte er: »Und dafür haben wir jetzt sechs Zeugen!«
»Wofür?« fragte Franzl überrascht.
»Dafür, daß die Brille hier gefunden worden ist. Und ich kann bezeugen, daß Michel Hallhuber das Ding noch auf der Stirn trug, als wir bei Polizeimeister Moser waren. Und was lehrt uns das?« Pepper hatte die Haltung eines Schulmeisters eingenommen. Mit erhobenem Zeigefinger und weit vorgerecktem Kopf sah er Jonny direkt in die Augen.
»Das lehrt uns, daß der Herr Hallhuber nach dem Termin bei der Polizei noch einmal hier oben gewesen sein muß«, antwortete Jonny prompt.
»Genau! Und was glaubst du, hat er hier gewollt?«
»Das Coppus delicti verschwinden lassen!«
»Das Corpus delicti!« verbesserte ihn Pepper grinsend.
»Jetzt wollen wir doch einmal sehen, was er dazu meint.

Wir steigen ab ins Dorf und suchen ihn!«
Die Stimmung war plötzlich viel besser. Arnica fing sogar zu singen an, und nach und nach fielen die anderen ein. Sogar Joseph Wanner brummte im Schusterbaß ein wenig mit.

Im Dorf fragte Pepper seinen alten Freund: »Was glaubst du, wo wir den Michel finden können?«
»In seiner Schmiede, nehm ich an!« Dabei deutete Wanner auf ein Haus, das etwas tiefer am Hang lag. Sie stiegen eine schmale Treppe hinab und kamen dann auf einen engen kleinen Weg, der an einem vereisten Bach entlangführte. Wo das Wasser vor Kälte erstarrt war, hatten sich Eiszapfen gebildet. Jetzt hörte man schon das helle Klingen des Schmiedehammers. Pepper beschleunigte seine Schritte. Als er die Tür zur Schmiede aufstieß, sah er als erstes den breiten Rücken Hallhubers. Er trug ein grobgewirktes blaues Hemd, das vom Schweiß verfleckt war. Hallhuber spürte den Luftzug von der offenen Tür her und drehte sich um. Er hielt einen schweren Hammer in der Hand.
»Sie haben mir gerade noch gefehlt!« brummte er.
Pepper trat zu ihm und schaute in das hell glühende Kohlefeuer, in dem Michel Hallhuber ein paar Eisen erhitzte. »Was soll das denn werden?«
»Beschläge für ein Scheunentor!«
Pepper nickte anerkennend. »Saubere Arbeit!« Er griff nach einer Zange, packte damit eines der Eisen, hob es hoch, drehte es nach allen Seiten und stieß es dann in die Glut zurück, wobei die Funken aufsprühten.
»Was wollen Sie?« fragte Hallhuber.
»Sie haben gestern Ihre Schneebrille liegenlassen!«
Hallhuber musterte Pepper mißtrauisch. »Wer behauptet das?«
»Ich, ich habe sie Ihnen sogar mitgebracht.«
Pepper hob die Brille hoch und ließ sie vor Hallhubers Augen hin- und herpendeln. Der Michel griff sofort danach.

»Es ist doch Ihre?« fragte Pepper lauernd.
»Wo haben Sie die her?« setzte Michel dagegen. Er war auf der Hut.
»Warten Sie mal...« Pepper tat so, als ob er nachdenken müßte. »Könnte es sein, daß Sie die Brille auf dem Polizeiposten liegenließen?«
»Möglich«, meinte Hallhuber.
»Wer hat denn das hübsche Band gestrickt?« fragte Pepper unbeirrt weiter.
»Meine Freundin, aber das geht Sie nichts an!«
»Wer weiß, vielleicht doch«, stellte Pepper fest und steckte die Brille wieder ein. »Irgendwer wird vielleicht bezeugen müssen, daß das Ihre Brille ist. Und es sieht so aus, als wäre das dann Ihre Freundin!« Damit ging er zur Tür und stieß sie auf. Michel kam mit ein paar raschen Schritten hinter ihm her. Den Hammer hatte er noch immer in den Händen.
»Augenblick!« donnerte er. Pepper stieß die Tür auf. Draußen standen die beiden Wanner-Männer und die drei jungen Leute. Sie hatten jedes Wort gehört. Michel Hallhuber blieb einen Augenblick wie angewurzelt stehen. Dann drehte er sich abrupt um und wendete sich wieder seinem Schmiedefeuer zu. Wütend zog er eines der Eisenstücke heraus, legte es auf den Amboß und schlug so wild darauf ein, daß es sich bis zur Unkenntlichkeit verformte. Pepper und seine Freunde hörten nur noch die wütenden Hammerschläge, als sie schnell den Weg am Bach zurückgingen. Zufrieden sagte der Detektiv: »So, jetzt sind wir doch ein Stückchen weitergekommen!«
»Und jetzt?« fragte Arnica.
»Jetzt gehen wir in den »Löwen«!«
»Ohne mich!« knurrte Wanner.
»Aber warum denn, hast du keinen Hunger?« fragte Pepper in scheinheiligem Ton.
»Weil der »Löwen« dem Liftl-Meyer gehört!«

»Ach so – aber dann sollten wir grade hingehen.«
»Nein!« Wanner blieb stur. Und Pepper kannte seinen Freund gut genug, um zu wissen, daß es keinen Sinn hatte, weiter in ihn zu dringen.
»Gehe ich eben alleine!« entschied der Detektiv.
»Und wir?« fragte Arnica.
»Ihr seid herzlich eingeladen«, antwortete Pepper lachend. Sie vereinbarten, sich in einer Stunde an der Bushaltestelle zu treffen. Dann wollten sie gemeinsam in die Stadt fahren, um die Schneekatze zu kaufen.

Der »Löwen« gehörte zu jenen Gasthäusern, die früher einmal als Dorfwirtshäuser angefangen hatten und dann von ihren Besitzern immer vornehmer und vermeintlich eleganter hergerichtet worden waren. Moderne rustikale Tische, Bänke und Stühle standen in Nischen, die durch geschnitzte Holzbalustraden voneinander getrennt waren. Über den Tischen baumelten schmiedeeiserne Lampen mit rot-weißkarierten Lampenschirmen. An den Wänden prangten alte Wagenräder und Bauerngeräte wie Dreschflegel und Butterfässer. In Vasen, die ebenfalls Butterfässern nachgebildet waren, steckten künstliche Blumensträuße. Der Boden bestand aus pflegeleichten rötlichen Steinplatten.
Pepper suchte einen Tisch in einer abgelegenen Nische und begann, die Speisekarte zu studieren. Auch die anderen lasen, was es zu essen gab. Jonny ließ sich als erster vernehmen: »Mann, das ist ja echt Spitze, was es hier alles gibt. Ich nehme...«
»Liest du die Karte wieder von unten nach oben?« unterbrach ihn Pit.
»Ja, immer vom Teuersten zum Billigen«, lachte Arnica.
Jonny besann sich blitzschnell. »Ich nehme Bratkartoffeln mit Blutwurst!«
»Das kann ja nicht wahr sein«, wunderte sich Pit. »Das kostet doch bloß 7,80 Mark!«

»Hört auf!« ermahnte sie Pepper, »sonst ißt er womöglich gar nichts und fällt uns noch vom Fleisch. Also ich esse ein Jägerschnitzel mit Pommes frites und Salat«, wandte er sich an die Bedienung. »Und dann hätte ich gerne ein Wort mit dem Wirt gesprochen.«

»Ich will sehen, ob sich das machen läßt«, sagte die Kellnerin. Das Lokal war um diese Zeit noch ziemlich leer. Die meisten Feriengäste waren wohl noch auf den Pisten oder kamen gerade erst zurück. Viele hatten auch nur Halbpension gebucht und speisten dann am Abend.

Ein dicker Wirt, der einen Schlachterkittel trug, trat an den Tisch. »Sie wünschen?«

»Mein Name ist Paul Pepper«, stellte sich der Detektiv vor.

»Ach, Sie sind das!« Sofort veränderte sich der Gesichtsausdruck des Gastwirtes. Er starrte Pepper böse an. »Sage mir deine Freunde, und ich sage dir, wer du bist, heißt es bei uns!«

Pepper lächelte nachsichtig. »Nicht nur bei Ihnen, Herr Meyer. Meine Freunde fahren jedenfalls die Schneekatzen anderer Leute nicht mutwillig zuschanden und gefährden auch nicht deren Leib und Leben – selbst wenn sie ein Hühnchen mit ihnen zu rupfen haben.«

»Ich verstehe kein Wort!« Der Wirt stand in unveränderter Haltung am Tisch – mit durchgedrückten Armen auf seine Fäuste gestützt, den Kopf kampfbereit vorgeschoben.

»Nun, Herr Hallhuber und ein Komplize haben gestern versucht, den jungen Wanner umzubringen. Sein Fahrzeug ist dabei total demoliert worden.«

Der Wirt lachte höhnisch auf. »Hat man schon mal so einen Blödsinn gehört?«

»Ich kann es beweisen, guter Mann. Es wäre also ratsam, nicht gar zu laut ›Hurra‹ zu schreien.«

Meyer kniff die Augen zusammen. »Gut, jetzt haben Sie's mir mitgeteilt. Jetzt können Sie gehen!«

»Gleich nach dem Essen, Herr Wirt! Wir haben schon bestellt!«
Der Liftl-Toni wandte sich ab und stapfte durch das Lokal. Sie hörten ihn noch in die Küche rufen: »Macht mal die Essen für Tisch sieben schnell fertig, daß wir das Pack bald wieder loswerden.« Das Lächeln auf Peppers Gesicht änderte sich kaum. Ein wenig angestrengt wirkte es nun aber doch!
Das Essen erwies sich als ausgezeichnet. Und alle vier aßen mit großem Appetit. Pepper sah auf, als er den letzten Bissen geschluckt hatte, und meinte: »Ich hätte eine Aufgabe für euch!«
Sofort wandten sich ihm die drei ganz aufmerksam zu.
»Irgendwo muß der schrottreife Pistenkater ja sein – Franzls Schneekatze meine ich. Wie wär's, wenn ihr ein wenig herumstreifen und die Gegend auskundschaften würdet. So viele Möglichkeiten gibt es ja wohl nicht. Aber bitte riskiert nichts. Schaut euch nur ganz beiläufig um. Und dann könnt ihr ja bei der Poststation eure Skier abholen und noch ein paarmal abfahren. Der Bus aus der Stadt kommt kurz nach sechs Uhr zurück.«
»In Ordnung«, meinte Pit.
Das Dorf Enzensweiler lag an einer Bergstraße, die sich in langgezogenen Kurven am Südhang des Kopfengebirges hinaufschlängelte. Die meisten Häuser waren direkt an diese Straße gebaut worden. Und viele von ihnen hatten im nachhinein noch Anbauten erhalten. Jeder Hausbesitzer bemühte sich, möglichst viele Zimmer für die Feriengäste anzubieten, um in den drei Wintermonaten Geld zu verdienen. Vor und nach der Saison war Enzensweiler ein verschlafenes Nest. Im Frühjahr, Sommer und Herbst verirrten sich nur wenige Gäste hierher. Und so sahen die Touristen auch nicht, wie sich die Landschaft unter den Skipisten veränderte. Das Gras wurde schlaff und gelb. An vielen Stellen schaute die blanke Erde heraus und wurde vom Regen weggewaschen, so daß auf den darunter hervortretenden Felsen keine Pflanzen mehr gedeihen konnten. Im Winter jedoch sah man die Wunden der Landschaft nicht.

Arnica und ihre beiden Freunde streiften ziellos durch das Dorf, schauten da in einen Hinterhof, lugten dort in eine Scheune oder in einen Stall. Aber es war ihnen schon bald klar, daß sie auf diese Weise nichts finden konnten.

»Laßt uns doch mal überlegen«, meinte Pit, als es schon auf drei Uhr zuging, »wo wir so ein Wrack verstecken würden!«

»Laßt uns lieber überlegen, ob wir nicht noch ein bißchen Ski fahren sollten«, warf Jonny ein.

»Ach ja!« rief Arnica. »Um Viertel nach vier machen die Lifte zu. Versuchen würde ich es schon gerne! Wir könnten ja anschließend immer noch weitersuchen.«

Pit willigte ein. Sie holten ihre Skistiefel, die Skier und die Stöcke – das alles hatten sie am Vortag bei der Poststation deponiert. Mit dem Schlepplift fuhren sie hinauf zur Kesselspitze, die 2 700 Meter hoch lag. Von dort aus hatte man einen guten Überblick über das Skigebiet. Insgesamt liefen vier Lifte und erschlossen Pisten in einer Gesamtlänge von 34 Kilometern. Von der Kesselspitze aus konnte man gut sehen, wie sich die Skibahnen hinunterschwangen. Die meisten führten durch Waldschneisen, die extra dafür geschaffen worden waren.

»Also gut, probieren wir's!« rief Pit.

Arnica fuhr mit Abstand am besten. Sie schwang leicht und locker den Hang hinunter, führte die Skier dabei sehr schön parallel und schaffte ihre Kurven ganz einfach durch ihre schwungvollen Körperbewegungen – Hoch- und Tiefentlastung nannte sie das.

Pit fuhr mit viel Kraft und wenig Technik. Er riß seinen Körper wuchtig herum, wenn er eine Richtungsänderung erreichen wollte.

Jonny dagegen stemmte jedesmal ein Bein weit aus und schob garantiert die falsche Schulter vor, so daß aus jeder Kurve eine Kreiselbewegung wurde, an deren Ende er garantiert auf dem Hintern saß. Aber das schien ihm wenig auszumachen. Lachend ließ er sich jedes Mal in den Schnee plumpsen, ehe er sich an einem seiner Stöcke wieder in eine senkrechte Lage emporarbeitete. Sie fuhren mit sämtlichen Liften und machten alle Abfahrten, so schnell sie es eben schafften. Und so waren sie dann auch ziemlich »geschafft«, als sie kurz vor fünf Uhr unten im Tal ankamen. Sie stellten ihre Skiausrüstung wieder bei der Poststation unter und gingen in ein kleines Café, um sich aufzuwärmen und Kriegsrat zu halten.

»Also«, Pit kam gleich zur Sache, »wo wird man so eine schrottreife Schneekatze hinschaffen?«

»Na, dorthin, wo man sie verschrotten kann«, sagte Jonny, der sich zu seinem Kaffee eine Sahnetorte bestellt hatte und mit vollem Mund etwas unverständlich redete.

»Eine Autowerkstatt oder so etwas gibt es aber nicht in Enzensweiler«, sagte Arnica.

Pit nickte heftig. »Doch, etwas Ähnliches schon – eine Schmiede!«

»Du meinst...«

»Ja, der Hallhuber hat alle Möglichkeiten, so ein Wrack auszuschlachten, die brauchbaren Teile wieder zu verwenden und den Rest zu einem Klumpen Altmetall zusammenzuschweißen.«

Jonny schob das halbe Tortenstück auf einmal in den Mund und mümmelte: »Dann aber nichts wie los!«

Pit bezahlte.

Draußen dämmerte es schon. In dieser Jahreszeit wurde es früh dunkel, und die Nacht kam schnell. Aber die Nächte waren durch den Schnee auch hell und klar, so daß man sich fast wie am Tage bewegen konnte.

Pit ging voraus. Sie hatten sich einen Weg ausgesucht, der sie auf Umwegen an die Schmiede heranführte. Also stiegen sie zunächst bis zur Talsohle des Bächleins ab und näherten sich dann unterhalb des Weges zwischen Sträuchern und Gebüsch dem Anwesen Hallhubers.

Sie waren noch etwa dreißig Meter entfernt, als es vom Kirchturm fünf Uhr schlug. Fast gleichzeitig öffnete sich die Tür zur Schmiede. Hallhuber trat heraus, die flache Hand gegen das Rückgrat gepreßt. Dann streckte er sich und schlurfte zu einem breiten Schuppen. Er öffnete ein Tor, das die ganze Giebelseite einnahm, und zum Vorschein kam einer dieser riesigen Pisten-Rattracks. Michel Hallhuber nahm von einem Nagel neben dem Tor eine pelzgefütterte Jacke, zog sie an, stülpte eine dicke Wollmütze über den Kopf und kletterte in das Führerhaus. Der Auspuff spuckte blaugraue Wölkchen, und der Motor heulte laut auf. Dann fuhr der Rattrack scheinbar mühelos über die steile Böschung zur Straße hinauf. Nach seinem schweren Arbeitstag hatte Michel Hallhuber offensichtlich nun auch noch Pistendienst.

»Das trifft sich ja gut!« sagte Pit. »Los, kommt!«

Sie pirschten sich vollends an die Schmiede heran. Die Tür war verschlossen. Geduckt schlichen die drei an der Längswand des Gebäudes entlang. Die Fenster saßen hoch in der Mauer, hatten keine Läden und waren durch Eisenstreben in kleine Felder eingeteilt. Das Glas war verschliert und bestimmt seit Jahren nicht mehr geputzt worden. Pit formte mit seinen Händen einen Steigbügel, und Jonny stieg hinein, um sich hochdrücken zu lassen.

»Mann, Mann«, ächzte Pit, »kannst du nicht ein bißchen weniger essen. Du wirst ja von Mal zu Mal schwerer!«

Jonny preßte seine Nase gegen das Fenster und schirmte die Augen mit einer Hand ab.

»Da glüht noch das Feuer«, berichtete er. »Es ist ziemlich hell da drin, aber von einer Schneekatze kann ich absolut nichts erkennen.«

Pit wollte ihn wieder herunterlassen, da rief Jonny plötzlich: »Augenblick, warte mal! Dort hinten liegt etwas, das sieht so ähnlich aus wie ein Schutzblech. Ich weiß aber nicht, ob das zu der Schneekatze gehört.«

Pit senkte seine Arme und öffnete dann seine schmerzenden

Hände, so daß Jonny unsanft auf den Boden plumpste und wütend brüllte: »Mensch, kannst du denn nicht aufpassen!«
»Aufpassen schon, aber dich kann ich nicht länger als zwei Minuten halten. Das nächste Mal steigt Arnica hoch.«
»Ich denke, wir sollten eher versuchen, da hineinzukommen«, meinte Arnica.
Sie schlichen weiter an der Längswand entlang. Die Rückfront war aus groben Bruchsteinen gemauert. Etwa in halber Höhe hatte Hallhuber ein schräges Dach angebracht und an der vorderen Traufe mit ein paar grob behauenen Baumstämmen abgestützt. Darunter befand sich allerhand Trödelkram. Dahinter entdeckten sie eine Tür, die offensichtlich auch in die Schmiede führte, nun aber mit allerlei Schrott zugestellt war.
»Bis wir da rankommen, ist es Nacht«, maulte Jonny.
»Unsinn!« gab Pit zurück und begann die Bleche, Eisenstangen, Motorenteile, alte Wasserrohre und Zinkbadewannen wegzuräumen. Tatsächlich hatte er schon bald eine Schneise geschaffen und kam an die Tür heran, die früher einmal woanders Dienst getan haben mußte, denn sie war aus schwerem Eichenholz und mit kunstvollen Schnitzereien versehen. Pit drückte die Klinke nieder und zog daran. Die Tür gab einen knarrenden und ächzenden Laut von sich. Der Junge konnte sie Zentimeter um Zentimeter bewegen. Als der Spalt breit genug war, um hineinzuschlüpfen, schob sich Pit in die Schmiede. Die anderen folgten. Die Tür ließen sie offenstehen. In der Schmiede war es mollig warm. Das Kohlefeuer verströmte eine ordentliche Hitze, zugleich erleuchtete es den Raum und gab allen Gegenständen einen eigentümlichen rötlichen Glanz.
»Jetzt aber mit System«, flüsterte Pit. »Arnica, du fängst dort hinten an zu suchen. Jonny an der Tür. Und ich versuche mein Glück dort bei dem Regal.«
Alles, was sie anfaßten, war voller Staub und Ruß. Das Blech, das Jonny von dem Fenster aus entdeckt hatte, ließ sich der

Schneekatze nicht zuordnen, es konnte genausogut von einem Traktor oder einer Mähmaschine stammen. Pit nahm jeden einzelnen Gegenstand aus dem Eisenregal und schaute dahinter. Michel Hallhuber schien alles verwenden zu können: Motorradscheinwerfer, Federn, Nägel aller Größen, Auspufftöpfe, Pleuelstangen, Ledersitze... Moment, dieser Ledersitz, der paßte auf kein Motorrad und keinen Roller. Solche Sitze gab es nur auf den Schneekatzen. Und da, dieser zerbrochene Lenker – auch der paßte nicht zu einem Motorrad, er war schmaler und zum Fahrer hin gebogen, und das Verbindungsstück zur Steuersäule war abgeplattet.
»Ich glaube, ich hab's«, rief Pit.
Die beiden anderen eilten zu ihm. Er erläuterte ihnen seine Funde.
»Na, Gott sei Dank«, rief Jonny und sah auf die Uhr. »Der Bus kommt in zehn Minuten! Jetzt aber nichts wie raus hier!« Sie durchquerten den Raum, schlüpften durch den Türspalt hinaus, drückten die Tür ins Schloß und häuften die Schrott-Teile wieder davor. Dann rannten sie den Weg am Bach entlang zur Dorfstraße hinauf. Sie kamen fast im gleichen Moment wie der Bus bei der Haltestelle an. Aber weder Pepper noch die beiden Wanners stiegen aus. Ratlos sahen sich Pit, Jonny und Arnica an. Inzwischen war es vollends Nacht geworden. Hoch oben auf den Skihängen sah man die Scheinwerfer der Rattracks, die die Pisten neu planierten.
»Was machen wir jetzt?« fragte Jonny gereizt, »die können uns doch nicht einfach so sitzenlassen.«
»Wird eben etwas dazwischengekommen sein«, sagte Pit, »das Beste wird sein, wir machen uns auf den Weg zur Hütte. Es ist ja ziemlich hell.«
»Ohne mich!« protestierte Jonny, und auch Arnica schüttelte resolut den Kopf. »Ich steig' doch nicht mitten in der Nacht den ganzen Berg hinauf.«
»Erstens ist es nicht mitten in der Nacht«, belehrte sie Pit, »und

zweitens ist das ein Anstieg von einer Stunde und längst nicht der ganze Berg.«
»Besserwisser!« maulte das Mädchen.
»Genau!« stieß Jonny nach.
»Ach, ihr habt doch bloß Angst!« gab Pit zurück. »Ich will euch mal was sagen...« Aber dazu kam er nicht mehr, denn um die Kurve kam laut ratternd ein alter Lastwagen und hupte ohrenbetäubend.
»Was will denn der? Hat doch massenhaft Platz«, schimpfte Jonny. Aber da hielt der Laster schon, und Pepper sprang auf der Beifahrerseite heraus. »Gott sei Dank seid ihr noch da!« rief er. »Wir hatten schon befürchtet, ihr hättet euch vielleicht zu Fuß auf den Weg gemacht.«
Pit grinste. »War unmöglich. Wegen Leistungsverweigerung der schwächeren Expeditionsteilnehmer!«
»Haha«, machte Jonny, »ich lach' mich gleich tot!«
»Streitet euch nicht. Es ist besser, daß ihr gewartet habt. Wir sind jetzt nämlich motorisiert.«
»Was denn, so schnell ist das gegangen?« fragte Arnica überrascht.
»War eine echte Gelegenheit. Das Problem bestand lediglich darin, daß die neue Schneekatze bar zu bezahlen war.«
»Und wie haben Sie das gemacht?« wunderte sich Pit.
»Er hat das gar nicht gemacht. Ich habe die Karre bezahlt!«
Die Stimme kannten die Kinder nur zu gut. Sie gehörte Frau Marie Luise Scheringer. Die 81 Jahre alte Frau, die alle Freunde liebevoll nur »die Alte« nannten, kletterte mit einiger Mühe und mit der freundlichen Hilfe der beiden Wanner-Männer aus dem Führerhaus. Die Kinder starrten sie an wie eine Erscheinung.
»Seid ihr etwa alle da drin gewesen in dem kleinen Führerhaus?« fragte Pit.
»Na klar«, rief die Alte fröhlich. »Das Monstrum hat keine Heizung, und so ist es uns wenigstens nicht gar zu kalt geworden. Grüß euch Gott, alle miteinander!«

Nun stieg auch der Fahrer aus – ein bärtiger, muskelstrotzender Mann in einem ölverschmierten Overall. Er ging um seinen Lastwagen herum, öffnete den hinteren Schlag, stapfte dann wieder nach vorne zum Führerhaus und betätigte den Hebel für die Kippvorrichtung. Ohne Eile schritt er wieder zur Rückfront seines Lastwagens und packte das schwere Gefährt, das auf der Ladefläche stand, mit beiden Händen. Pit und Jonny entging es nicht, daß sich in den Häusern ringsum die Vorhänge hinter den Fenstern bewegten. Es mochten gut zwanzig Augenpaare sein, die heimlich beobachteten, was da an der Poststation vor sich ging.
»Warten Sie doch, wir helfen Ihnen!« rief Pepper dem Fahrer zu.
»Ich mach das schon«, ächzte der und stemmte sich mit all seiner Kraft gegen das schwere Schneefahrzeug, um es möglichst sanft auf die Fahrbahn herabsinken zu lassen. Die Wanners, Pepper und Pit sprangen hinzu, um mit anzupacken, und das war bestimmt kein Fehler, denn selbst jetzt wäre das Schneefahrzeug beinahe im freien Fall auf die Straße geknallt. Alle atmeten auf, als es endlich stand.
Prachtvoll sah das Gefährt aus. Es war viel größer als die Schneekatze, hatte zwei Raupen und ein Führerhaus. Im Grunde sah es aus wie ein Rattrack, nur die Schaufeln hinten und vorne fehlten. Direkt hinter dem Führerhaus, in dem sich vier Sitze befanden, war eine geräumige Ladefläche, die mit einer Art stabilem Bretterzaun umgrenzt war.
»Eine tolle Maschine!« rief Pit begeistert.
»So etwas habe ich mir schon immer gewünscht«, strahlte der alte Wanner über das ganze Gesicht. Er reichte dem Lastwagenfahrer die Hand und sagte: »Vielen Dank auch.«
»Ich habe zu danken«, erwiderte der gut gelaunt, »es war mir ein Vergnügen, mit den Herrschaften Geschäfte zu machen!« Dabei packte er doch tatsächlich mit seinen beiden ölverschmierten Pranken die schmale Hand von Frau Scheringer und drückte ihr einen beinahe vollendeten Handkuß darauf.

»Jetzt schlägt's dreizehn!« rief die Alte begeistert, »da mußte ich 81 Jahre alt werden, bis mal ein feiner Herr kommt, der weiß, was sich gehört, und mir die Hand küßt. Aber ehrlich gesagt, macht es mich auch ein bißchen verlegen.«
Der Fahrer wandte sich rasch Joseph Wanner zu. »Und wenn Sie mal eine Reparatur haben sollten...«
Da fiel Pit etwas ein, und er rief rasch dazwischen. »Wenn Sie was von Schneekatzen verstehen...«
»Etwas?« fuhr ihn der Mann an, »alles, wenn dir klar ist, was ich damit meine!«
Aber Pit ließ sich nicht aus der Ruhe bringen. »Ich glaube, wir haben die Wrackteile von der kaputten Schneekatze gefunden. Ganz sicher sind wir uns natürlich nicht. Und wenn nun Sie und der Franzl...«
»Wo steht das Zeug?« fragte der Fahrer.
»Bei Michel Hallhuber in der Werkstatt. Aber es sind nur Einzelteile. Man kommt durch eine Hintertür in die Schmiede rein!«
Pepper musterte seine jungen Freunde kritisch. »Und woher wißt ihr das?«
Pit zuckte die Schultern. »So etwas spricht sich eben rum!«
Pepper drohte ihm mit dem Finger.
»Warum gehen wir da nicht einfach hin und schauen's uns an?« fragte Frau Scheringer unternehmungslustig.
»Unter anderem deshalb, weil der Weg für Sie zu beschwerlich sein dürfte, gnädige Frau«, sagte Pepper. »Aber ich schlage vor, der Herr Finkbeiner« – das war offensichtlich der Fahrer – »der Sepp und ich steigen mal runter zu Hallhubers Schmiede. Und ihr schiebt solange Wache bei dem neuen Fahrzeug, damit nicht gleich wieder etwas damit passiert!« Er gab Finkbeiner und seinem Freund Sepp einen Klaps auf die Schulter und ging los, ohne lange auf das Einverständnis der anderen zu warten.
Der Weg war vom Mond- und Sternenlicht hell genug ausgeleuchtet. Straßenlaternen gab es in Enzensweiler nur auf der

Hauptstraße. Ohne Probleme fanden sie die Tür, und es dauerte nicht lange, bis die Männer sie freigelegt hatten. Das Kohlefeuer war nun fast herabgebrannt. Sein Licht reichte nicht mehr, um den Raum richtig zu erleuchten. Pepper suchte und fand einen Lichtschalter.
Niemanden war der junge Mann aufgefallen, der die ganze Zeit neben dem Lastwagen herumgelungert war und nun, so schnell er konnte, auf einen kleinen Bauernhof zulief. Schon fünf Minuten später raste er mit einer kleinen, schnellen Schneekatze den Berghang hinauf.

Pepper ging zielstrebig auf das Metallregal zu und zog nacheinander die Einzelteile heraus: Sitzpolster, gebrochenen Lenker, einen Gaszug, einen ausgebauten Tank, der ein wenig eingebeult war, zwei Auspuffrohre und am Ende gar einen Motorblock.
»Hast du die Motornummer im Kopf?« fragte er seinen Freund Sepp.
»Wer hat das schon!« brummte Wanner. »Aber in meiner Brieftasche sind die Papiere.«
Er kramte umständlich eine abgewetzte Lederbrieftasche heraus und holte einen ganzen Stapel Ausweise, Notizzettel und sonstigen Papierkram hervor. Nach langem Suchen fand er die Fahrzeugpapiere und las vor: »SKF – 330982763«. Finkbeiner hatte inzwischen mit dem Daumen die Stelle von Öl, Ruß und Dreck freigewischt, auf der die Nummer stand.
»Stimmt!« bestätigte er.
Im gleichen Augenblick wurde das große Tor aufgerissen. Auf der Schwelle stand Michel Hallhuber, hinter ihm gut ein halbes Dutzend Männer. Und alle hatten mehr oder weniger schwere Knüppel in der Hand.
»Einbrecher!« schrie Hallhuber.
»Nun mal langsam«, sagte Pepper.
»Solches Gesindel gehört erschlagen«, schrie Michel Hallhuber

und hob seinen Prügel. Er kam über die Schwelle herein, und die anderen Männer folgten dichtauf.
Pepper fuhr ihn an: »Wenn ich an Ihrer Stelle wäre, würde ich mein Maul ein bißchen weniger aufreißen. Und wenn Sie schon reden müssen, dann erklären Sie mir mal, wie der Motorblock von Sepp Wanners Schneekatze hierherkommt?«
Einen Augenblick schienen die Männer doch verblüfft zu sein.
»Mir wird jeden Tag eine Menge Schrott angeboten«, schrie Hallhuber. »Aber nicht jeden Tag wird bei mir eingebrochen. Und das könnt ihr euch merken: Wenn wir einen erwischen, dann nehmen wir uns den auch gleich selber vor!«
Pepper faßte unter seinen Parka. Aber wie das so war: Wenn man den Revolver dringend brauchte, hatte man ihn natürlich nicht dabei.
Der Griff verunsicherte Hallhuber trotzdem. »Vorsicht«, preßte er zwischen den Zähnen hervor, »der Kerl ist bewaffnet!«
»Ich auch!« gellte plötzlich eine hohe weibliche Stimme. Frau Scheringer stand hinter den Männern und schwang ihren alten Regenschirm, der ihr auch als Stock diente, hoch über dem Kopf. »Macht mal Platz da, ihr Rowdies«, fuhr sie die Männer an, »und laßt eine alte Frau vorbei!«
Die Männer sahen sich ratlos an. Wie sie gegen Pepper, Wanner und den Fahrer vorgehen wollten, das hatten sie gewußt, aber diese alte Frau, die garantiert weit über siebzig war ... Unwillkürlich traten sie zur Seite und ließen Frau Scheringer hinein.
Pepper nahm wieder das Wort und bemühte sich, seine Stimme ruhig klingen zu lassen. Er wandte sich bewußt an die Begleiter Hallhubers: »Ich verstehe ein bißchen etwas von den Gesetzen«, sagte er bedächtig, »und ich muß Ihnen sagen, wer eine strafbare Handlung unterstützt, macht sich selber auch strafbar!«
Die Männer sahen sich unsicher an. Pepper nutzte den Augenblick und fuhr schnell fort: »Und daß hier alle Einzelteile der gestern verunglückten Maschine von Joseph Wanner liegen, steht ganz zwei-

felsfrei fest. Wir haben soeben die Motornummer auf dem Motorblock mit der Nummer im Fahrzeugschein verglichen.«
Den Männern wurde sichtlich unbehaglich.
»Du hast doch gesagt...«, hob einer an, aber Hallhuber fuhr ihm über den Mund: »Ja, ja, ja, wer rechnet denn auch mit so einem Klugscheißer aus der Stadt!«
Frau Scheringer ließ sich nun wieder hören. »Pit benachrichtigt übrigens den Polizisten. Er muß gleich da sein.«
»Also dann«, sagte einer der Männer, drehte sich um und warf seinen mächtigen Holzknüppel mit gewaltigem Schwung in die Nacht hinaus.
»Au, verdammt, welcher Idiot war das!« donnerte eine Stimme vom Bachweg her.
»Sieht so aus, als hätte er den Polizeimeister Moser getroffen«, stellte Finkbeiner mit breitem Grinsen fest. Die anderen Männer ließen nun auch schnell ihre Knüppel fallen. Nur Michel Hallhuber blieb trotzig stehen, als ob er jeden Moment auf Pepper und seine Freunde losgehen wollte. Polizeimeister Moser erschien humpelnd im Raum. »Was ist hier eigentlich los?« bellte er.
»Die da haben bei mir eingebrochen!« schrie Hallhuber.
Pepper trat einen Schritt vor. »Da Sie einmal einen meiner Lehrgänge besucht haben, Moser...« Er sagte das in voller Absicht, denn er wollte die Dörfler beeindrucken. »Also, da Sie mal meinen Unterricht genossen haben, wird Ihnen die Beweisaufnahme nicht schwerfallen. Wir sind hier eingedrungen, das stimmt. Aber nur, weil Gefahr im Verzug war. Schon einmal sind wichtige Beweisstücke verschwunden. Ich wollte verhindern, daß dies ein zweites Mal passiert. Also habe ich die Beweismittel sichergestellt.«
Er atmete laut aus. Solche Ansprachen waren ihm verhaßt. Er liebte kurze Sätze, und selbst die brachte er in privaten Unterhaltungen nur selten zu Ende. Aber was sein mußte, mußte sein.
Moser zückte widerwillig seinen Notizblock. Dann fuhr er die

Männer aus dem Dorf an: »Und was wollt ihr hier alle? Ich denke, heute ist euer Kegelabend.«
»Stimmt. Stimmt genau!« sagte derjenige, der den Knüppel geworfen hatte, eilfertig, »wir gehen auch. Eigentlich haben wir nur den Michel abholen wollen.«
Und schon verschwanden sie in der Nacht.
»Schöne Freunde haben Sie«, knurrte Pepper den Hallhuber-Michel an.
Der starrte nur böse zurück.
»Also«, sagte der Polizist. Pepper massierte seine Nasenwurzel mit Daumen und Zeigefinger.
»Wenn nun der Herr Hallhuber den Schaden vom Wanner-Sepp ersetzen würde, könnte man vielleicht die Anzeige fallenlassen.« Er hob beschwörend beide Hände.
»Ich weiß, ich weiß, ganz gesetzlich ist das nicht. Ein Polizist unterliegt dem Verfolgungszwang, muß also ein Vergehen oder Verbrechen verfolgen, das ihm bekannt wird. Andererseits...« Pepper wiegte den Kopf hin und her und ließ den Satz in der Luft hängen.
Moser klappte sofort sein Notizbuch zu: »Na, was sagst du dazu, Hallhuber?«
»Ja, was soll ich denn dazu sagen?«
»Das ist doch klar: natürlich ›Ja‹, weil du sonst in des Teufels Küche kommst!«
Joseph Wanner wollte zum Reden ansetzen, aber Pepper legte ihm rasch die Hand auf den Arm und sagte leise: »Laß mal, im Augenblick ist das bestimmt das Beste!«
»Das bezweifle ich!« sagte Wanner finster. Aber er stimmte dann doch genauso zu wie der Hallhuber-Michel. Gemeinsam schafften sie die Teile, die Hallhuber aus der kaputten Schneekatze herausmontiert hatte, auf Wanners neues Schneemobil. Hallhuber schrieb einen Scheck aus. Und der Polizist ging nach Hause.
Bevor Wanner in sein neues Schneefahrzeug steigen wollte – die Kinder und Franzl waren bereits hinten aufgestiegen, Frau Sche-

ringer und Pepper saßen schon im Führerhaus –, da wollte Wanner dem Michel Hallhuber die Hand geben. Aber der spuckte nur in den Schnee und drohte: »Das zahl' ich dir alles heim! Alles!! Alles zahl' ich dir heim, du Hungerleider! Dir zünd' ich die Hütte überm Kopf an, und wenn's sein muß, bring' ich dich um!«
Er machte kehrt und stapfte in langen, wütenden Schritten auf den »Löwen« zu. Pepper sah Wanner betroffen an. Leise sagte er: »Damit habe ich nicht gerechnet!«
»Aber ich«, gab Wanner bitter zurück. »Jetzt ist Krieg im Kopfental und in den Kopfenbergen, das kannst du mir glauben.«
Pepper sprach auf der ganzen Fahrt bis zur Hütte kein Wort. Er warf sich vor, Hallhuber falsch eingeschätzt und einen großen Fehler gemacht zu haben. Das letzte, was er beabsichtigt hatte, war, seinen Freund Sepp in Gefahr zu bringen.
Als er vor der Hütte ausstieg, murmelte er: »Es tut mir ehrlich leid!«
Aber der Freund unterbrach ihn: »Laß mal, du hast das nicht wissen können. Du kennst die Leute hier heroben nicht.«
»Aber warum bist du denn darauf eingegangen?«
»Hätt' ich dir in den Rücken fallen sollen? So schlimm wird's schon nicht werden!«
»Auf jeden Fall bleibe ich hier, bis die Sache ausgestanden ist«, betonte Pepper.
Wanner lachte. »Da müßtest du vielleicht dein ganzes Leben lang hierbleiben, und das hält kein Flachländer aus!«

Der Brandanschlag

Auch am nächsten Tag war das Wetter wieder schön. Beim Frühstück wirkten alle Bewohner der Wanner-Hütte fröhlich und gelöst.

Pepper und der Wanner-Sepp traten vors Haus. Die Schneekristalle glitzerten wie Millionen Edelsteine. Ein leichter Wind ging, wirbelte aber keinen Schnee auf, weil es in der Nacht gefroren hatte.

»Man kann sich gar nicht vorstellen, daß in einer so friedlichen Landschaft ein so unversöhnlicher Streit entstehen kann«, wunderte sich Pepper.

»Grade hier, weil wir so sehr aufeinander angewiesen sind und im Grunde eng aufeinanderhocken, wenn auch die Landschaft weitläufig ist.«

Pepper nickte. Das verstand er gut.

»Wollen wir reingehen und mit den anderen frühstücken?« fragte Joseph Wanner, aber da bemerkte er weit unten, dort wo die Finkenschlucht heraufkam und in einem Hochplateau endete, eine Schneekatze. Er bedeckte die Augen mit den Händen. »Sieht aus, als ob es der Briefträger wär'!«

»Kommt der denn bis hier herauf?« fragte Pepper.

»Nur, wenn es etwas ganz Wichtiges ist, sonst läßt er es liegen, bis einer von uns ins Tal kommt.«

Pepper mußte lachen. »Und woran merkt der Postmeister, daß ein Brief wichtig ist?«

»Am Absender!« sagte Wanner und schien sich über die Frage zu wundern.

Es war tatsächlich der Postbote. Er salutierte lässig mit dem Zeigefinger und dem Mittelfinger an seinem Mützenrand, als er sein Fahrzeug abgestellt hatte. »Ein Telegramm, Wanner!« Der Sepp nahm es ihm aus der Hand.

»Du mußt dem Hallhuber ja ganz schön auf die Zehen getreten sein, gestern abend!« fuhr der Postmann lachend fort.
»Trinkst einen Kaffee mit?« fragte Wanner.
»Ja, warum nicht. Interessiert einen ja alles.«
»Von wem ist denn das Telegramm?«
»Ich hab's selber am Telefon entgegengenommen. Vom Gericht. Du hast Termin!«
Pepper mußte erneut lachen. »Da kannst du es dir ja sparen, das Telegramm aufzumachen und zu lesen.«
»Bei uns gibt's wenig Geheimnisse«, stellte der Postbote ganz ohne Arg fest, und auch Wanner schien nichts dabei zu finden, daß er den Inhalt des Telegramms laut verkündet hatte. Man ging in die Küche hinein, wo es angenehm nach frischem Kaffee duftete. Franzl hatte Brötchen aufgebacken, Bündnerfleisch in dünne Scheiben geschnitten und ein großes Stück Käse aufgetischt. Marmelade gab es in Steinguttöpfchen, Honig in einem Glas, und auf dem Herd köchelte das Wasser für die Eier.
»Donnerwetter«, sagte Pepper, »das nenn' ich ein Frühstück!«
Im Kachelofen bullerte das Holzfeuer. Man konnte sich nichts Gemütlicheres vorstellen als solch ein Frühstück, bei dem es ganz egal war, wie lange man es ausdehnte.
»Der Hallhuber droht ja mit allem möglichen«, sagte der Postbote. »Gestern abend hat er im »Löwen« mächtig einen draufgemacht!«
»Und, hat er die Leute wieder kräftig aufgewiegelt?« fragte der Hausherr.
»Der Liftl-Toni hat ihn gebremst, so gut es ging. ›Wart doch erst einmal ab, wie das Gericht entscheidet‹, hat er gesagt, ›nachher kann man immer noch…‹ «. Der Postbote brach ab.
»Was kann man nachher immer noch?« fragte Wanner mißtrauisch.
»Laß gut sein, Sepp«, sagte der Postbote, »ich misch mich da nicht ein!«
»Ich kann mir's auch so schon denken!« Wanner faltete endlich

das Telegramm auseinander. »Die haben's aber eilig«, sagte er nachdenklich. »Morgen ist die Verhandlung in der Hauptsache!«
»Was heißt denn das?« fragte Arnica verwundert.
»Es heißt, daß das Gericht vermutlich auch schon die Entscheidung verkündet, ob ich mit meinem Einspruch durchkomme oder nicht.«
»Schlecht wär's ja nicht«, sagte der Postbote, »wenn du's schaffen würdest.«
Wanner starrte ihn überrascht an. »Sag mal, dich habe ich bisher aber nicht zu den Befürwortern meines Antrags gezählt.«
Der Postbote winkte ab. »Du weißt doch, wie das ist. Im Dorf kann man so etwas nicht laut sagen, da kriegt man bloß Schwierigkeiten. Aber so wie mir geht's noch vielen. Wir haben doch Fremde genug hier oben. Und wenn wir jetzt ein ganz neues Skigebiet aufmachen, brauchen wir auch wieder neue Pensionen und Hotels, dann wird's mit den Parkplätzen zu eng, und die Straßen reichen auch nicht mehr aus. Die Gegend wird sich so verändern, daß du sie am End' nicht wiedererkennst.«
Wanner lächelte. »Meine Worte, wenn man's genau nimmt!«
»Ja sicher«, der Postbote griff nach einem der knusprigen Brötchen. »Ich wette, daß es eine Menge Leute gibt, die dir morgen heimlich die Daumen drücken.«
»Unterschrieben hat kaum einer, als ich zum Widerstand gegen die neuen Pistenanlagen aufgerufen hab'.«
»Du kennst doch die Leute!« Der Postbote biß herzhaft in das Brötchen hinein. Er schien es nicht eilig zu haben.
Frau Scheringer fragte: »Da fahrt ihr wohl alle mit zur Gerichtsverhandlung?«
»Die Kinder fahren garantiert lieber Ski«, meinte Pepper.
»Stimmt«, sagte Pit, »aber Kinder sind wir trotzdem keine mehr.«
Pepper verbesserte sich mit todernstem Gesicht: »Die Heranwachsenden werden lieber auf die Piste gehen.«
Pepper und Wanner beschlossen, noch am gleichen Tag in die

Stadt zu fahren und dort in einem Gasthof zu übernachten, damit sie pünktlich um neun Uhr im Gerichtssaal sein konnten. Franzl sollte mitfahren und bei der Gelegenheit wieder einmal seine Eltern besuchen.
Pepper machte sich ein wenig Sorgen, ob er die drei »Heranwachsenden«, wie er sie von nun an mit beständiger Bosheit nannte, ohne seinen persönlichen Schutz lassen konnte. Aber da fuhr ihm die Alte gleich in die Parade. »Schließlich bin ich ja auch noch da, nicht wahr! Und daß die Kerle aus dem Dorf mich respektieren, haben Sie ja wohl gestern abend gesehen.«
»Sie und den Polizeimeister«, sagte Pepper lachend.
Arnica, Pit und Jonny gingen gleich nach dem Frühstück auf die Piste. Sie mußten von der Hütte in einer sanften Schrägabfuhr durch den Tiefschnee über das sogenannte »Hörnerfeld« bis zum Kopfengrat fahren und eine Viertelstunde aufsteigen. Dann erreichten sie die erste präparierte Piste. Wenn sie abends Schluß machten, war der Weg ein wenig beschwerlicher. Zwar ging es vom Kopfengrat zuerst steil hinunter, und wenn man Schuß fuhr, konnte man ganz schön weit auf das Hörnerfeld hinaufgetragen werden. Aber dann war es doch noch ein Anstieg von gut einer halben Stunde. Und wenn man vom Skifahren müde war, zog sich das entsprechend hin. Aber daran dachten sie nicht, als sie nun sanft durch den Tiefschnee über das leicht geneigte Stück auf den Kopfengrat zufuhren. Die Sonne hatte den Schnee weich gemacht. Die Skier glitten mit leisem Zischen dahin. Jonny, der vorausfuhr, stieß einen Jodler aus, vielmehr das, was er dafür hielt. Es hätte auch ein Tarzanschrei sein können. Auf halbem Weg kam ihnen der Rattrack entgegen. Alle drei schwangen ab und sahen ihm mißtrauisch entgegen. »Der sieht aus wie ein Urwelttier!« sagte Arnica ein bißchen atemlos. Ein paar Meter von ihnen entfernt hielt der Rattrack an.
Michel Hallhuber beugte sich hinaus. »Hallo ihr – ich hab' gedacht, ich mach' euch eine Piste bis rauf zu eurer Hütte.«

»Das ist sehr freundlich«, meinte Arnica artig.
»Kaum der Rede wert. Wenn wir hier ausbauen, gehört das so oder so dazu!«
»*Wenn* Sie ausbauen«, sagte Pit.
»Das ist eine sichere Sache. Im Frühjahr, sobald der Schnee weg ist, geht's los!« Michel Hallhuber sprang von seinem Rattrack in den tiefen Schnee. Er trug Jeans und kniehohe Moonboots aus Fell.
»Sagt mal, der Pepper, hat der wirklich etwas mit der Polizei zu tun?«
Arnica und Jonny sahen Pit an. In solchen Fällen überließen sie meistens ihm das Reden.
»Na ja, wie man's nimmt!« sagte Pit bedächtig.
»Geht das nicht ein bissel genauer?«
»Er war bei der Polizei. Ein ganz wichtiger Mann übrigens«, Pit räusperte sich. »Aber jetzt arbeitet er als freier Detektiv. Allerdings manchmal auch für die Polizei. Als Spezialagent!« setzte er gewichtig hinzu.
»Was du nicht sagst!«
»Haben Sie noch nie etwas über ihn in der Zeitung gelesen?« fragte Jonny.
»Ich komme nicht zum Zeitunglesen.« Michel Hallhuber kam nun zu den dreien herüber. »Und was macht er hier?«
»Eigentlich Urlaub!« sagte Pit.
»Und uneigentlich?«
Pit sah den Rattrack-Fahrer aus schmalen Augen an. »Das wissen wir nicht so genau. Aber so viel ist klar, wenn er irgendwo eine Gemeinheit oder eine Ungerechtigkeit sieht, greift er ein.«
»So, so«, machte Hallhuber und grinste schief. »Ist er jetzt in der Hütte droben?«
»Ich denke schon.«
»Fährt er denn nicht mit zu dem Gerichtstermin?« fragte Hallhuber lauernd.

»Ach, davon wissen Sie?« fragte Arnica überrascht.
»Klar. Ich gehör' doch zur Gegenseite. Deshalb bin ich natürlich auch geladen – zusammen mit dem Liftl-Toni, also mit dem Herrn...«
»Ja, wir wissen schon, daß der Liftl-Toni der Löwenwirt ist und richtig Anton Meyer heißt«, sagte Pit.
Er stieß sich mit beiden Skistöcken ab, um wieder ins Gleiten zu kommen. Dabei rief er: »Wiedersehen, Herr Hallhuber!«
»Wiederschauen«, gab der zurück und kletterte auf sein Fahrzeug.
Jonny ließ seine Skier neben die von Pit gleiten und sagte: »Wenn der wüßte, daß wir gestern in seiner Schmiede waren!«
»Vielleicht weiß er's ja!« gab Pit zurück.
»Dann wär' er bestimmt nicht so freundlich gewesen!«
»Oder gerade doch.«

Als das Trio am Abend in die Wanner-Hütte zurückkehrte, waren die Männer schon abgefahren. Frau Scheringer war alleine und werkelte am Herd herum. Sie kochte eine Riesenportion Spaghetti Bolognese.
»Um Gottes willen, wer soll denn das hier alles essen?« rief Arnica.
»Na ich«, sagte Jonny, »ihr könnt euch ja ein paar Brote machen.«
Am Ende aber kapitulierten doch alle vor der Menge. Außerdem waren sie von ihrem ersten Skitag so erschöpft, daß es ihnen schwerfiel, die Gabel mit den langen dünnen Nudeln zu drehen.
Um halb zehn lagen alle drei schon in den Federn und schliefen.
Frau Scheringer allerdings war noch hellwach.
Je älter sie wurde, desto weniger Schlaf brauchte sie. Nun saß sie auf der wohlig warmen Ofenbank, strickte und hörte ein Konzert im Radio. Bei besonders schönen Stellen ließ sie ihr Strickzeug sinken und horchte ganz aufmerksam auf die Musik.
Über dem Tisch brannte nur eine Lampe. Auf dem Tisch flackerte zusätzlich eine Kerze. Frau Scheringer sah auf die Uhr. Es war

kurz vor elf. Sie legte das Strickzeug zur Seite, stand etwas mühsam auf und humpelte um den Kachelofen herum. Die Klappe war auf der anderen Seite. Die Alte bückte sich, öffnete die schmiedeeiserne Ofentür und griff nach einem schweren Holzscheit, um nachzulegen. Im gleichen Augenblick zersprang klirrend die Fensterscheibe links von der Tür, gleich darauf jene auf der rechten Seite. Ein Gegenstand schoß durch die Luft. Noch während er durch den Wohnraum flog, stach plötzlich eine Flamme heraus. Der Gegenstand landete unter dem Tisch, und sofort breiteten sich auf dem ganzen Boden kleine züngelnde Flämmchen aus. Die Alte schrie gellend auf und rief dann nacheinander die Namen von Pit, Jonny und Arnica. Draußen hörte sie einen Motor aufheulen. Die Tür zum Treppenhaus wurde aufgerissen. Pit stand in einem Jogginganzug auf der Schwelle und begriff sofort, was passiert war.

»Schnell, Jonny!« schrie er. »Wasser! Und die Läden zu, damit es nicht mehr zieht!«

Jonny, der zuerst einen ziemlich verschlafenen Eindruck gemacht hatte, bewegte sich plötzlich so flink, wie man es diesem pummeligen Jungen gar nicht zugetraut hätte. Frau Scheringer riß die Tür auf und rannte hinaus.

»Tür zu!« brüllte Pit. Der Luftzug fachte das Feuer mächtig an. Frau Scheringer warf die Tür ins Schloß und stapfte durch den Schnee zuerst zum linken, dann zum rechten Fenster, um die Läden zuzudrücken.

Jonny hatte inzwischen einen Eimer mit Wasser gefüllt und goß ihn unter den Tisch, wo die Flammen am schlimmsten wüteten. Nun erschien auch Arnica. Ihr war schon früher der Sandeimer neben dem Ofen aufgefallen. Sie hatte sich zwar keinen Reim darauf machen können, wozu der da sein sollte, aber jetzt wurde ihr das schlagartig klar. Sie rannte hin und wollte ihn hochheben, aber der Eimer war zu schwer. Also machte sie aus ihren Händen eine Kuhle, schöpfte Sand und warf ihn ins Feuer. Pit sah sich um, erkannte, was Arnica da trieb und kam ihr zu Hilfe. Gemeinsam hoben sie nun den Eimer an und warfen den Sand auf die Flammen. Das Feuer erlosch. Schwer atmend standen die drei Kinder mitten im Zimmer. Arnica faßte sich als erste wieder.

»Wo ist denn die Alte?« Pit rannte zur Tür und riß sie auf. Frau Scheringer stand schlotternd vor Kälte draußen im Schnee.

»Was machen Sie denn da?« fragte Pit.

»Ich wollte die Tür geschlossen lassen, weil sonst das Feuer wieder Luft gekriegt hätte.«

»Es ist gelöscht, kommen Sie rein. Machen Sie sich einen Grog, damit Sie nicht noch krank werden.«

Frau Scheringer überschritt die Schwelle und sah Pit böse an: »Red nicht mit mir wie mit einem Kind, ja!«

Sie sah sich die Bescherung an. Sand, Wasser und verkohlte Holzreste hatten sich zu einer häßlichen Schmiere vereinigt.

»Das wollen wir doch gleich mal wegputzen. Schlafen kann ja doch keiner.«

»Ich schon«, meinte Jonny und gähnte ungeniert.

»Ich aber nicht, und deshalb geh ich jetzt mal runter ins Dorf«, rief Pit.

»Bist du übergeschnappt?« Jonny starrte seinen Freund an.

»Wenn man rauskriegen will, wer der Täter war, muß man gleich was unternehmen.«

»Das ist doch kein Geheimnis. Es war natürlich Michel Hallhuber, wer soll es denn sonst gewesen sein?«

»Der Hallhuber ist ja vielleicht auch schon in die Stadt gefahren«, meinte Pit.

Er ging in das Zimmer, das er gemeinsam mit Jonny bewohnte, und zog sich an.

»Also allein laß ich dich nicht gehen«, sagte Jonny, der ihm gefolgt war.

»Und wer paßt auf die Frauen auf?«

»Die Frauen selber!« Jonny stieg in seinen Skianzug.

Als sie wieder in den Wohnraum kamen, beschäftigte sich Frau Scheringer mit der Flinte von Joseph Wanner. »Dem nächsten, der kommt, brenn ich einen auf den Pelz«, murmelte sie finster.
»Das könnten aber wir sein«, meinte Pit.
»Wollt ihr tatsächlich jetzt noch runter ins Dorf?«
»Klar, wir fahren mit den Skiern und lassen sie unten stehen. Morgen früh gehen wir dann zu Fuß und fahren mit dem Lift zum Kopfengrat hinauf.«
Pit stieß die Tür auf. Beißende Kälte überfiel ihn.
»Verdammt«, schimpfte er, »das wird eine kalte Nacht!«
Er drehte sich nach seinem Freund um. »Ich nehm's dir echt nicht übel, wenn du lieber hierbleiben willst.«
Jonny schüttelte nur stumm den Kopf, zog seine Wollmütze über die Ohren und holte seine Skier aus dem Schuppen. Die Sterne und ein halb gefüllter Mond leuchteten die Landschaft gut aus; über allem lag ein silbriger Glanz. Die Abfahrt ins Dorf erwies sich als ziemlich einfach. Pit fuhr voraus und bemühte sich, die Bögen so zu fahren, daß Jonny sie nachfahren konnte. Und Jonny bemühte sich, alles genau so zu machen wie sein Freund. So brauchten sie keine Viertelstunde und kamen ohne einen einzigen Sturz an. An der Kirche schnallten sie die Skier ab und lehnten sie an die Friedhofsmauer. Dann stapften sie auf den »Löwen« zu, hinter dessen Fenstern noch Licht brannte.
Pit öffnete die Tür vorsichtig und leise. Am Stammtisch saßen sieben oder acht Männer und diskutierten. Der Wirt selber lehnte an der Theke und beteiligte sich von dort aus am Gespräch.
Niemand beachtete die beiden Jungen, die im Windfang stehengeblieben waren. Ein älterer Mann mit einem roten, glänzenden Gesicht führte gerade das Wort: »Aus dem Dorf jagen muß man ihn!« schrie er. »Sobald das Gericht gegen ihn entschieden hat, muß er verschwinden!«
Ein Mann um die vierzig, mit einem feinen schmalen Gesicht, schaltete sich ein. »Also, Jakob-Bauer, so geht's ja nicht. Der

Wanner-Sepp ist seit vierzig Jahren ein angesehener Mann im Dorf...«
»Gewesen!« trompetete der Jakob-Bauer, »gewesen, sag ich dir. Jetzt hat er hier nichts mehr zu suchen.«
Ein junger Mann Anfang zwanzig, mit schwarzen Haaren und einem unsteten Blick, kam von der Toilette her.
»Na, ließ sich der Benzingestank abwaschen?« fragte der Wirt. Der Junge nickte, ohne etwas zu sagen. Der Liftl-Toni schob ihm eine Halbe Bier und einen Schnaps hin. In einem Zug leerte der junge Mann das halbe Bierglas.
»Seht euch den an«, rief der Jakob-Bauer, »trinkt wie ein Alter!« Der Wirt beugte sich zu dem jungen Mann hinüber und sagte in vertraulichem Ton: »Macht ganz schön Durst, was?!«
Wieder nickte der Junge nur und kippte nun den Schnaps.
»Alles in Ordnung?« fragte Liftl-Toni.
»Ich denke schon!« antwortete der andere kurz angebunden.
Pit und Jonny wechselten einen Blick, dann traten sie vollends in den Gastraum hinein. »Guten Abend«, grüßte Pit.
Alle Köpfe fuhren herum.
»Wer seid denn ihr?« fragte der Jakob-Bauer.
»Die wohnen beim Wanner-Sepp auf der Hütte«, erklärte der Wirt.
»Ist was passiert?«
»Wie kommen Sie darauf?« fragte Pit.
»Nur so. Es ist doch komisch, wenn zwei Jungen in eurem Alter kurz vor Mitternacht in der Gastwirtschaft auftauchen.«
Pit nickte.
Und nun gab Jonny seinem unseligen Hang zum Schauspielern nach. Er quetschte zwei Tränen heraus und jammerte: »Wo sollen wir denn sonst hin!« Dem kurzen Satz ließ er zwei kräftige Schluchzer folgen. »Bei uns hat's gebrannt!«
»Was ihr nicht sagt!« Der Wirt schenkte dem jungen Mann einen anerkennenden Blick. Der sagte nur: »Kann ich noch ein Bier

haben?« Der Wirt betätigte den Zapfhahn. Der Herr mit dem feinen Gesicht wandte sich an den Jungen: »Dem Wanner seine Hütte hat gebrannt, sagst du?«
»Lichterloh«, greinte Jonny. »Irgend so ein Lump hat sie angesteckt. Und die alte Frau Scheringer...«, weiter kam er nicht. Er heulte auf, und die Stimme schien ihm zu versagen. Pit sah seinen Freund strafend an, aber der ignorierte den Blick. Er war selbst so angetan von seiner darstellerischen Leistung, daß er nun wirklich heiße Tränen vergoß.
»Was sagt ihr da?« rief der Mann mit dem feinen Gesicht, »die alte Dame war in dem brennenden Haus?«
Pit winkte ab. »Halb so schlimm!«
Jonnys schluchzende Stimme überschlug sich vor Empörung.
»Aber da muß man doch etwas tun!« schrie jetzt der Jakob-Bauer, sprang auf und fiel sofort wieder auf seinen Platz zurück. Seine Beine trugen ihn nicht mehr.
»Frau Scheringer ist nichts passiert«, sagte Pit beschwichtigend.
»Aber beinahe«, jammerte Jonny.
»Stimmt, beinahe«, pflichtete ihm Pit bei. »Der Brandstifter hätte uns leicht alle umbringen können.« Dabei sah er den jungen Mann scharf an, dem der Wirt gerade sein zweites Bier zuschob.
»Unsinn«, sagte der Liftl-Toni, »aus der Hütte kommt man jederzeit raus. Das höchste Fenster liegt nicht mehr als einen Meter fünfzig überm Schnee!«
Pit trat jetzt an den Tresen und sah Anton Meyer, genannt Liftl-Toni, direkt in die Augen. »Aber wenn einen das Feuer im Schlaf überrascht! Und Frau Scheringer ist nicht mehr gut zu Fuß. Sie hat schwere Arthrose in den Knien.«
»Du sagst ja, es ist nichts passiert!«
»Aber das konnte der Brandstifter nicht wissen«, brauste Pit auf, und dann fuhr er heftig herum, starrte dem jungen Mann ins Gesicht und schrie ihn an: »Oder?«
Plötzlich war es ganz still in der Gaststube des »Löwen«. Der

junge Mann hatte gerade das Bierglas zum Mund gehoben. Er sah Pit über den Rand des Glases hinweg nur finster an und trank dann in kleinen Schlucken. Schließlich stellte er das Glas auf den Tresen zurück und wischte sich mit dem Ärmel den Bierschaum von der Oberlippe. »Dich hau ich gleich zusammen«, stellte er ganz ruhig fest.

Pit lächelte. »Das haben andere auch schon probiert!«

Die Faust des jungen Mannes fuhr blitzschnell heraus. Aber damit hatte Pit, der ein hervorragender Boxer war, gerechnet. Er machte leichtfüßig einen Schritt zur Seite, duckte den Kopf unter der Faust seines Gegners weg und schlug im gleichen Augenblick einen knallharten Haken gegen dessen Kinn. Der junge Mann taumelte zurück.

»Ich will nicht unfair sein«, meinte Pit, »deshalb sag ich dir lieber gleich, daß ich Boxen gelernt habe.«

Der andere lachte nur hämisch. Die Gäste, ausschließlich Männer übrigens, schienen Spaß an der Auseinandersetzung zu haben. Einige von ihnen waren aufgestanden, andere drehten ihre Stühle, damit sie besser sehen konnten, und der Jakob-Bauer schrie: »Ich wette fünfzig Mark auf den Stadtbuben.«

Ein anderer hielt dagegen: »Fünfzig auf den Andi!«

»Andi heißt du also«, stellte Pit fest. »Ich bin dafür, wir lassen's bleiben!« Andi versuchte wieder mit den Fäusten zu antworten. Er schlug zwei unkontrollierte Schwinger, die aber am Kopf von Pit vorbeigingen. Pit nahm nun die Arme zur Doppeldeckung hoch und benützte seine Linke als Führhand. Ein paar kurze Gerade kamen wie feine Stiche. Andi wußte nichts damit anzufangen. Er lachte nur. Mit solchen Schlägen konnte man ihn doch nicht beeindrucken. Aber Pit wartete nur, bis das Kinn seines Gegners entblößt war. Andi schlug mit seinen Fäusten ungelenk kurze Gerade und vernachlässigte deshalb unwillkürlich seine Deckung. Krachend flog Pits Linke an sein Kinn und gleich darauf die Rechte gegen Andis Schläfe. Der junge Mann taumelte zurück und knallte

gegen die Theke. Liftl-Toni kam um die Theke herum. »Schluß jetzt«, brüllte er und packte Pit von hinten, wobei er seine Arme wie in einem Schraubstock festklemmte. »So, jetzt du, Andi, und dann ist aber Schluß«, befahl er.
Jonny brüllte auf: »Lassen Sie ihn los!«
»Ausgleichende Gerechtigkeit«, sagte der Wirt. Andi kam auf den wehrlosen Pit zu.
»Das nenn ich einen fairen Kampf«, sagte Pit und spuckte aus. Andi grinste ihn an.
Jonny, der schräg hinter dem Wirt stand, senkte seinen Kopf und rannte in blinder Wut los. Normalerweise war er friedlich und eher phlegmatisch – aber dann konnte ihn auf einmal ein Jähzorn packen, gegen den es kein Mittel gab. Dann wurde Jonny zur Furie und nahm's mit jedem auf – kämpfte wild, unkontrolliert und bis zur Selbstaufgabe.
Diesmal rannte er einfach mit voller Wucht seinen Kopf in die Seite des Wirtes. Der ließ Pit los, und so hatte dieser überraschend in dem Augenblick die Hände frei, da Andi zuschlug. Es gelang Pit, den Angriff zu bremsen. Zwar traf ihn der Schlag am Kopf, aber im letzten Sekundenbruchteil hatte er seinen Unterarm so in die Schlagbahn bringen können, daß die Gerade abgelenkt wurde und ihn nur an der Stirn traf.
Pit schlug zwei Körperhaken und ließ dann gleich zwei Haken an das Kinn Andis folgen. Der Junge taumelte zurück, blieb einen Augenblick mit glasigen Augen stehen, und knickte dann in den Knien ein.
Jetzt erst fuhr Pit herum und hob seine Fäuste gegen den Wirt, der sich noch immer die Seite hielt.
»Schluß jetzt!« donnerte der Mann mit dem feinen Gesicht. »Das schau ich mir nicht länger an.«
»Wo's jetzt erst richtig losgeht!« Der Jakob-Bauer klatschte in die Hände, »und wo ich fünfzig Mark gewonnen hab!«
»Ich hab gesagt: Schluß jetzt!«

»Aber, Herr Pfarrer«, rief der Jakob-Bauer, »Spaß muß sein – und wenn's auf der Beerdigung ist!«
»Was denn, Sie sind der Pfarrer?« fragte Pit verwundert, während er noch immer den Wirt beobachtete.
»Ja, wußtest du das nicht?«
»Und Sie hätten zugelassen, daß man mich an den Armen festhält, damit ich wehrlos den Schlägen ausgesetzt bin?«
»Ich hätte schon rechtzeitig eingegriffen!«
»Aha, und wann wäre das gewesen?«
»Junger Mann, sei gefälligst nicht so vorlaut. Du kommst hier mitten in der Nacht herein, obwohl Jugendliche alleine um diese Zeit ein Lokal gar nicht mehr betreten dürfen. Dann sprichst du gleich alle möglichen Verdächtigungen aus und brichst eine Prügelei vom Zaun.«
»Darf denn ein Pfarrer so lügen?« fragte Jonny mit großen, ungläubigen runden Augen.
»Ihr wart genauso aggressiv wie der Andi. Und die Geschichte von der abgebrannten Hütte war nichts weiter als ein erbärmliches Schmierenschauspiel!«
Jetzt trat Pit dicht vor den Geistlichen hin. »Kommen Sie mit, wenn Sie es nicht glauben. Erst wurden die Fenster eingeschlagen, dann hat der da« – er deutete auf Andi, der immer noch auf dem Boden saß und mit glasigem Blick um sich schaute – »dann hat der da eine Benzinbombe ins Zimmer geschleudert. Sie wissen, wie so etwas funktioniert?«
Der Pfarrer schüttelte den Kopf.
»Es ist eine Flasche, die mit Benzin gefüllt ist. Durch den Kork führt eine Lunte. Wenn man die Flasche durch die Luft wirft, kriegt sie einen mächtigen Luftzug, die Flamme brennt hell auf, und wenn dann das Glas zersplittert und das Benzin ausläuft, fängt es sofort Feuer.«
»Und das soll droben in der Wanner-Hütte passiert sein?«
»Kommen Sie mit und schauen Sie sich's an!«

»Aber ich kenn' den Andi seit seiner Firmung. Der würde so etwas nie tun!«
»Genau!« schrie der Liftl-Toni, »niemals könnte der so etwas anstellen. Dafür lege ich meine Hand ins Feu...«, er unterbrach sich.
Pit grinste. »Machen Sie das mal, Herr Meyer!« Dann wandte er sich wieder an den Pfarrer. »Kommen Sie mit?«
»Gut. Aber wehe, du hast mir etwas vorgelogen!«
»In einer halben Stunde wissen Sie's!« Pit ging Richtung Tür.
Der Wirt schüttelte den Kopf und schlug mit der Faust auf den Tresen, daß die Gläser in die Luft sprangen. »Ja, ist das denn zu fassen«, brüllte er los, »läßt sich unser ehrwürdiger Herr Pfarrer von zwei solchen Rotznasen aufs Glatteis führen. Ja, merken Sie denn nicht, daß die lügen, wenn sie den Mund aufmachen! Und mit denen wollen Sie jetzt noch auf den Berg?«
»Ich wollte sowieso grade gehen«, sagte der Pfarrer.
»Und ich wollte Sie gerade noch zu einem Schoppen Roten einladen!«
Der Pfarrer sah den Liftl-Toni überrascht an. »Woher kommt denn diese unerwartete Großzügigkeit?«
»Mir ist halt danach!«
»Und mir ist jetzt danach zu überprüfen, ob die beiden Jungen recht haben oder nicht.«
Damit griff der Pfarrer nach seinem Mantel, grüßte in die Runde und schritt zum Ausgang.
Der Pfarrer besaß eine ähnliche Schneekatze wie jene, die dem Franzl zuschanden gefahren worden war. Mit Mühe hatten alle drei darauf Platz. Die Skier band er fest, und dann ging's in einer nahezu halsbrecherischen Fahrt den Berg hinauf. Der Fahrtwind blies ihnen ins Gesicht, nahm ihnen den Atem und trieb ihnen die Tränen in die Augen. Aber der Pfarrer beschleunigte sogar noch, als der Weg ein bißchen flacher wurde. Er fuhr mit verbissenem Gesicht. Tatsächlich machte er sich große Vorwürfe, daß er

nicht sofort eingegriffen hatte, als der Wirt dem Andi zu Hilfe gekommen war.

Frau Scheringer und Arnica traten vor die Tür, als sie das Motorengeräusch hörten. Frau Scheringer hielt Wanners Flinte in der Hand. Sie hatte zwar keine Ahnung davon, wie man mit einem Gewehr umging, aber sie wirkte trotzdem höchst bedrohlich damit. Als sie Pit und Jonny entdeckte, ließ sie die Waffe sinken.

Der Pfarrer stieg als erster ab, grüßte knapp und trat ins Haus. Ein einziger Blick genügte, um ihm zu bestätigen, daß Jonny zwar übertrieben, aber daß Pit keinesfalls die Unwahrheit gesagt hatte. Geschlagen ließ er sich auf die Ofenbank fallen.

»Ich muß also tatsächlich mit eigenen Augen ansehen, wie sich die Menschen in meiner Gemeinde gegenseitig umbringen«, seufzte er.

»Es sei denn, man tut etwas dagegen!« Die Alte stellte das Gewehr in die Ecke neben dem Küchenschrank.

»Aber da müßte man wissen, was«, sagte der Pfarrer, und er machte dabei einen bedauernswerten Eindruck. »Sie kennen die Leute hier nicht.«

»Die meisten Menschen haben irgendwelche Fehler«, sagte Frau Scheringer.

»Aber die Menschen hier sind besonders stur. Und – was noch schlimmer ist – sie meinen, sie könnten ihre Gesetze selber machen!«

Die Alte holte in einem kleinen Steingutkrug etwas von dem Punsch, den sie zubereitet und nun noch einmal aufgewärmt hatte. »Da, trinken Sie etwas, das vertreibt die schlechte Laune.« Sie goß dem Pfarrer ein. Der bedankte sich und nahm einen kräftigen Schluck. »Der Andi ist Michels jüngerer Bruder und steht ganz unter dessen Einfluß«, sagte er, »eigentlich kein schlechter Kerl, aber alles, was sein Bruder sagt, wird von ihm bedenkenlos akzeptiert.«

»Hat er denn keine Eltern mehr?« fragte Arnica, die auf der

Bank hinter dem Tisch lag und die Arme unter dem Kopf verschränkt hatte.
»Die hat der weiße Tod geholt«, sagte der Pfarrer mit düsterer Miene.
Arnica schnellte hoch: »Der weiße Tod, was ist denn das?«
»Sie kamen beide in eine Lawine. Unsere Gegend hier ist stark lawinengefährdet. Letztes Jahr hat man zwar ein paar Verwahrungen gebaut, aber damit sind die Gefahren noch längst nicht beseitigt. Wenn ihr zum Kopfengrat fahrt, kommt ihr doch über diese breite Hochfläche...«
Arnica, Pit und Jonny nickten.
»Diese Hochfläche endet am Fuß der Steinerwand. Die heißt nicht so, weil sie aus vielen Steinen besteht, sondern weil ein gewisser Albert Steiner sie als erster bestiegen hat. Da müßt ihr einmal hinaufschauen. Die Wand hat eine Menge Einkerbungen... ja, dieser Begriff trifft es wohl am besten. Es sind ausgewaschene Einschnitte, in denen im Frühjahr bei der Schneeschmelze das Wasser ins Tal stürzt. Jede dieser Einkerbungen kann zum Bett für eine Lawine werden.«
»Man merkt, daß Sie Pfarrer sind«, stellte die Alte fest, »Sie reden so anschaulich.«
»Darf man denn dann überhaupt über die Hochfläche fahren?« fragte Pit.
»Wenn es so kalt und trocken ist wie zur Zeit, schon. Der Schnee sitzt jetzt bombenfest, weil er durchgefroren ist und einen guten Kontakt zur Grundlage direkt über dem Fels hat. Aber sobald es wärmer wird oder gar regnet, solltet ihr den Weg unbedingt meiden. Man schießt dann zwar meistens die Lawine ab, damit man nicht warten muß, bis sich die Schneemassen selbständig machen. Eine Garantie ist das allerdings auch nicht.«
»Was denn, da steht einer unten mit so einem Gewehr«, Frau Scheringer deutete auf Sepp Wanners Flinte, »und knallt die Lawine los?«

Der Pfarrer mußte herzlich lachen. »Oh nein, so ist das nicht. In den gefährlichen Lawinenhängen werden im Sommer Sprengladungen angebracht. Meistens zieht man sie an Stahlschnüren in die Wand hinein. Die Stahlschnüre läßt man, so, daß man immer wieder sozusagen neu laden oder nachladen kann. Die Sprengladungen können dann per Funk ferngezündet werden.«
»Interessant«, meinte die Alte und goß dem Pfarrer noch mal nach, obwohl der abwinkte und sagte: »Danke, vielen Dank, aber ich darf nicht mehr trinken. Ihr Punsch hat es in sich, und man sollte auch eine Schneekatze nicht alkoholisiert steuern.«
Pit ahnte, warum der Pfarrer so viel und so angestrengt redete. Er fürchtete wahrscheinlich die Frage, die Pit ihm jetzt aber trotzdem stellte: »Sagen Sie, Herr Pfarrer, was wollen Sie denn nun unternehmen, nachdem Sie festgestellt haben, daß es sich hier tatsächlich um einen Brandanschlag handelt?«
»Tja, darüber muß ich erst selber noch mit mir zu Rate gehen«, sagte der Geistliche langsam. »Natürlich muß ich mit dem Andi reden und auch mit dem Liftl-Toni. Es scheint ja tatsächlich so zu sein, daß die etwas damit zu tun haben könnten.«
Pit drehte die Augen zur Decke. Von diesem übervorsichtigen Herrn war wohl nicht allzu viel zu erwarten.
»Und ich werde meine Predigt am Sonntag darauf abstimmen«, betonte der Pfarrer und erhob sich von der Ofenbank. »So, jetzt muß ich aber los. Und ihr solltet schleunigst ins Bett!«
Er dankte noch mal für den wunderbaren Punsch und verließ fast fluchtartig die Hütte. Frau Scheringer schloß hinter ihm ab. Kurz darauf hörten sie den Motor der Schneekatze. Das Geräusch wurde rasch leiser. »Der Pfarrer fährt wie der Teufel«, sagte Jonny gähnend.
»Tz, tz, tz«, machte Frau Scheringer. »Zeit fürs Bett, Kinder, es ist gleich ein Uhr!«
Arnica war auf der Bank eingeschlafen. Die Alte holte eine warme Decke und ein Kissen, um das Mädchen halbwegs gemüt-

lich zu betten. Pit und Jonny gingen in ihr Zimmer. Frau Scheringer aber nahm ihr Strickzeug und setzte sich wieder auf die Ofenbank, um Wache zu halten. Die warmen Ofenkacheln taten ihrem müden Rücken gut.

Im Namen des Gesetzes

Pepper und Sepp Wanner hatten in einem kleinen Hotel übernachtet. Während der Detektiv selig geschlafen hatte, konnte Wanner fast die ganze Nacht kein Auge zutun. Zudem hatte er sich beim Rasieren vor lauter Aufregung geschnitten. Brummig und übel gelaunt schlurfte er ins Frühstückszimmer. Pepper saß schon am Tisch und ließ es sich schmecken. Kurz nach seinem Onkel kam auch Franzl, der bei seinen Eltern übernachtet hatte.
Pepper sah auf die Uhr. »Wir müssen bald los, die Gerichtsverhandlung fängt in einer halben Stunde an, und Richter sind in der Regel ziemlich pünktlich.«
»Und wenn sie nun gegen uns entscheiden?« fragte der Franzl.
»Dann gibt's immer noch eine nächste Instanz!« sagte Pepper.
»Oder man findet sich damit ab«, meinte Wanner.
Die beiden anderen starrten ihn überrascht an.
»Du wirst doch jetzt nicht umfallen«, wunderte sich Pepper.
»Vielleicht habe ich mich ja übernommen. Ja, wahrscheinlich sogar!« Und dann fuhr er heftig auf: »Wer sagt denn, daß ausgerechnet ich, der kleine Bergbauer Joseph Wanner, gegen den Rest der Welt kämpfen muß. Die würden mich mit Handkuß in ihre Liftgesellschaft aufnehmen, weil mir ja ein Haufen Land…«

»Ja«, sagte Franzl, »genau das ist es ja. Deine Almen und deine Waldstücke, wie täten die denn aussehen nachher? So viel Wasser, wie da dann den Berg auf einmal runterkommt im Frühjahr, kann kein Bach schlucken – und dann verläuft sich's auf unseren Almwiesen, und das Gras wird sauer. Und saures Gras schmeckt den Kühen nicht. Und was machen wir, wenn die Erde, wenn der ganze Mutterboden runtergeschwemmt wird ins Tal!?«

»Hör auf!« schrie der alte Wanner so laut, daß die anderen Gäste im Frühstückszimmer die Köpfe hoben und interessiert zu den drei Männern herübersahen. Plötzlich mußte der alte Wanner lachen. »So eine lange Rede hast du in deinem ganzen Leben noch nicht gehalten, was, Franzl?« Dabei legte er seinem Neffen seine gewaltige Pranke ins Genick und zog ihn zu sich herüber, um einen Augenblick lang seine Wange an die des Jungen zu legen.

»Na also«, sagte Pepper, »dann laßt uns mal gehen!«

Vor dem Gerichtssaal erwartete sie der Anwalt, den Wanner auf Empfehlung eines Verwandten genommen hatte. Er hieß Dr. Hirsch und war noch jung. Unstet ging er auf und ab. Überhaupt wirkte er noch nervöser als sein Mandant. Ständig knetete er die Hände. Seine Blicke eilten hin und her, als müsse er fürchten, es könnte ihm etwas entgehen. Hinter dem stämmigen, untersetzten Mann mit dem kantigen Gesicht hätte man eher einen Bergbauern vermutet als einen Advokaten.

Ein paar Schritte weiter trafen sich die Vertreter der Gegenseite. Michel Hallhuber stand mit zwei Anwälten zusammen, die im Unterschied zu Dr. Hirsch einen ruhigen und gelassenen Eindruck machten. Sie trugen schon ihre schwarzen Talare, während Hirsch den seinen noch lässig über die Schulter geworfen hatte.

Aber Paul Pepper registrierte, daß die Art, wie die beiden den jungen Kollegen mit einer leichten Verbeugung grüßten, durchaus Respekt ausdrückte. Er teilte das auch Dr. Hirsch mit, und der lachte leise in sich hinein. »Kein Wunder«, meinte er, »jetzt haben sie schon dreimal hintereinander gegen mich verloren. Und

heut werden sie auch nicht gewinnen!« Dabei schlug er Franzl Wanner, der dicht neben ihm stand, so kräftig auf die Schulter, daß der um ein Haar in die Knie gegangen wäre, obwohl er doch bestimmt nicht der Schwächste war.
Punkt neun Uhr wurden die Parteien in den Saal gebeten. Sie hatten gerade Platz genommen, da betrat das Gericht den Saal: der Vorsitzende Richter, zwei Beisitzer und eine Protokollführerin. Der Vorsitzende Richter war etwa in Peppers Alter. Die Leute im Saal erhoben sich und nahmen auf ein Zeichen des Richters wieder Platz. Dann sprach der Richter: »Das Gericht hat den Sachverhalt geprüft und alle schriftlichen Aussagen, die zu Protokoll gegeben wurden, eingehend studiert. Außerdem die Gutachten, die beide Seiten beigebracht haben. Ich setze voraus, allen im Saal ist bekannt, daß wir hier nach den neuen Umweltschutzgesetzen vorgehen müssen!«
Hirsch lächelte zufrieden. Einer von Hallhubers Anwälten sprang auf. »Einspruch... – ich meine: Ich möchte dem Gericht zu bedenken geben, daß hier das Nutzungsrecht nach dem Landwirtschaftsgesetz von 19...«
»Aber, Herr Rechtsanwalt«, unterbrach ihn der Richter, »ich muß doch annehmen können, daß Ihnen geläufig ist, welches Gesetz beziehungsweise welche Vorschrift hier den höherwertigen Rang hat...«
Hirsch wandte sich zu seinem Mandanten um und hob versteckt den Daumen. Es gab noch ein endlos langes Gezerre zwischen Hallhubers Anwälten und dem Richter. Hirsch war jetzt völlig ruhig, ja, er wirkte gelangweilt, spielte mit seinem Bleistift, gähnte gelegentlich hinter vorgehaltener Hand und schien jeden Moment einschlafen zu wollen.
Um so überraschender war es, als er plötzlich hellwach aufsprang und schrie: »Das laß ich mir von niemandem unterstellen – und schon gar nicht von Ihnen, Herr Kollege!«
Der gegnerische Anwalt hatte behauptet, Hirsch habe mit falschen

Gutachten und einseitigen Stellungnahmen einiger Politiker gearbeitet. »Ich stamme aus den Bergen«, fuhr Hirsch mit Nachdruck fort, »und weiß, was es bedeutet, wenn die Bäume sterben und die Almen veröden. Ich kann einschätzen, was geschieht, wenn ein Heer von Skifahrern die Hänge so glattfährt, daß im Frühjahr kein Grashalm mehr die Kraft hat, sich wieder aufzurichten. Ich kenne die Folgen von Wasserstürzen, die die Erdkrume mitnehmen. Ich kämpfe hier, das gebe ich zu, nicht nur für meinen Mandanten, sondern für eine verantwortungsbewußte Umweltpolitik!«

Pepper war es nicht entgangen, daß unter den Zuschauern ein Reporter saß, der jedes Wort des Rechtsanwaltes mitstenografierte. Und er war sicher, daß diese glänzende kleine Rede anderntags in der Zeitung zu lesen sein würde. Der Richter sagte mit einem freundlichen Lächeln: »Ja, das glaube ich Ihnen, Herr Dr. Hirsch.« Die Gegenseite machte einen letzten Versuch. »Wenn sich das hohe Gericht von derartigen Reden beeinflussen läßt...«, aber weiter kam der Anwalt nicht. Der Richter hob abwehrend beide Hände. »Sie können ganz sicher sein, Herr Rechtsanwalt, daß ich nicht zu den Richtern gehöre, die ihre Sachentscheidungen aufgrund von Gefühlen treffen.« Damit erhob er sich und sagte: »Urteilsverkündung um 13 Uhr.«
»Gewonnen«, sagte Hirsch leise zu Pepper und den beiden Wanners.
»Na, hoffentlich behalten Sie recht«, seufzte Pepper.
»Oh ja, da bin ich ganz sicher!« Hirsch trat zu den Gegenanwälten und unterhielt sich mit ihnen in freundschaftlichem Ton. Die Auseinandersetzung vor Gericht war eine Sache, der persönliche Umgang eine andere.

Und es kam genau so, wie Hirsch es angekündigt hatte. Das Gericht untersagte die Anlage eines Skigebietes südlich des

Kopfengrates mit der Begründung, der Schutz von Natur und Umwelt habe Vorrang.
Hallhuber stürmte aus dem Saal, ohne seine Anwälte noch eines Blickes zu würdigen.
Pepper, die Wanners und Dr. Hirsch gingen noch in ein Speiserestaurant. Zur Feier ihres Sieges verspeisten sie einen Rehrücken mit Knödeln und verschiedenen Gemüsen und tranken einen teuren Rotwein.
Auf der Heimfahrt sagte Wanner zu Pepper: »Jetzt geht's erst richtig los bei uns daheim – wir werden noch manches aushalten müssen!«
»Auch die Leute bei euch müssen ein so klares Urteil anerkennen«, antwortete der Detektiv.
Wanner lachte. »Das glaubst aber auch bloß du!«
Die Nachricht von der Gerichtsentscheidung war ihnen vorausgeeilt. Als der Omnibus auf dem Marktplatz hielt, stand Anton Meyer mit ein paar Freunden an der Endstation.
»Wir wollen mit dir reden«, überfiel er Sepp Wanner, ohne ihn zu grüßen.
»Worüber? Es ist alles entschieden.«
»Komm auf ein Bier in meine Wirtschaft.«
Wanner zögerte, aber Pepper sagte: »Komm schon, reden hat noch nie etwas geschadet!«
Widerwillig folgte Wanner den anderen ins Gasthaus »Zum Löwen«. Schweigend setzten sich die Männer um den großen Stammtisch aus massivem Eichenholz. Der Liftl-Toni stellte die Musik ab, die leise aus den Lautsprechern kam. Die Kellnerin brachte ein Tablett voller Biergläser. Man trank, ohne sich zuzuprosten. Der Wirt wischte den Bierschaum mit dem Ärmel seiner Jacke von den Lippen und stellte fest: »Jetzt gibt's nur noch eines: Wir müssen uns untereinander einigen.«
Wanner sah von einem zum anderen – es waren harte, verschlossene Gesichter. »Und wenn wir uns nicht einigen?«

»Du stehst ziemlich allein«, sagte der Liftl-Toni.
»Ja, das weiß ich«, antwortete Wanner.
Pepper schaltete sich ein. »Sich einigen würde bedeuten, einen Kompromiß zu finden.«
»Sicher«, der Wirt nahm einen langen Schluck.
»Ihr Vorschlag?« fragte Pepper.
»Wir bauen bloß noch einen Lift – hinauf zum Kopfengrat, und erschließen die Nordflanke nicht.«
»Aber abfahren könnte man da trotzdem«, erwiderte Wanner, »bis runter ins Tal!«
»Man würde eine Piste anlegen, weiter nichts!« sagte Meyer.
Wanner mußte unwillkürlich lachen. »Das ist doch nur Augenwischerei. Das Gericht hat entschieden, und zwar so, daß alles nördlich und westlich vom Kopfengrat unbeschadet bleibt!«
»Jetzt denk doch auch einmal daran, was für uns dranhängt«, brauste der Jakob-Bauer auf. »Das gibt Arbeitsplätze für alle und ein gutes Geld für jeden, der in die Liftgesellschaft einzahlt. Du selber tätest ja auch reich werden dabei!«
»Ich will nicht reich werden«, brummte Wanner abweisend.
Es trat ein Schweigen ein, das schwer über der Runde lastete, bis der Liftl-Toni hart mit der flachen Hand auf die Tischplatte schlug. »Du bist unbelehrbar, Sepp!«
Pepper versuchte zu vermitteln. »Ich glaube, alle sollten noch mal in Ruhe darüber nachdenken.«
»Nichts da«, fuhr ihn der Wirt an. »Jetzt ist Zeit, sich zu entscheiden. Nachher ist die Katz' den Bach runter!«
Pepper begriff, daß da nichts zu machen war. Einer war so stur wie der andere. Er trank sein Bier aus und nahm sich vor, nichts mehr zu sagen.
Der Wanner-Sepp hatte nur den ersten Schluck mitgetrunken, rührte danach aber sein Glas nicht mehr an.
»So ist's halt!« sagte er schließlich. »Man muß zu dem stehen, was man für richtig hält.«

Der Jakob-Bauer machte noch einen Versuch. »Du bist doch auch einer von uns, Joseph«, sagte er fast feierlich.
»So sieht's aber nimmer aus«, antwortete Wanner finster.
»Dann geh doch hin, wo der Pfeffer wächst«, schrie der Liftl-Toni plötzlich, »hier hat einer wie du nichts mehr verloren!«
Der Wanner-Sepp stand schwerfällig auf. »So sieht's aus«, sagte er, »ja, so sieht's aus!«
Er ging mit müden Schritten zur Tür. Pepper folgte ihm. Als sie in den Abend hinaustraten, fuhr ihnen ein eisiger Wind ins Gesicht.

Aufstieg im Sturm

Paul Pepper und sein Freund Wanner gingen mit tief zwischen die Schultern gezogenen Köpfen über den Marktplatz. Dort, wo der Weg steil zwischen Kirche und Pfarrhaus zu den Almen und Berghütten hinaufführte, stand Wanners Schneemobil. Wortlos klemmte er sich hinter das Steuer, und Pepper stieg auf der anderen Seite ein. Der Wanner-Sepp ließ den Motor an und löste die Bremse. Langsam kletterte die Schneekatze den steilen Berg hinauf. Man konnte die kleine Kabine zwar nicht richtig heizen, aber die beiden Männer waren doch vor dem eisigen Sturm geschützt.
Der Mond blinzelte manchmal zwischen den schnell dahinziehenden Wolken hervor. Doch es war zu erkennen, daß die Wolken immer dichter und schwerer wurden. Dann fielen die ersten Flocken. Pepper beobachtete verstohlen seinen Freund. Er hatte die Augen

zusammengekniffen und saß ein wenig vorgebeugt auf dem glatten, harten Lederpolster. Seine Hände hielten das Steuer so fest umklammert, daß die Knöchel weiß hervortraten. Die Lippen bildeten nur einen Strich, und Pepper konnte beobachten, daß die Kiefer des Wanner-Sepp heftig mahlten. Keiner der beiden sprach. Der Sturm rüttelte an der Kabine.

Wanner fuhr langsam und vorsichtig. Sie erreichten die Finkenschlucht, das Fahrzeug senkte seine Nase steil hinab und nahm seinen Weg entlang dem schmalen Wanderpfad, der sich auf halber Höhe durch die Schlucht zog und nun von den Sturmböen verweht war.

Sie hatten etwa die Hälfte der Strecke in der Schlucht hinter sich, als der Motor plötzlich zu stottern begann. Die beiden Männer tauschten einen überraschten Blick. Wanner schaltete einen Gang herunter, gab heftig Gas und ließ die Kupplung langsam kommen. Aber das unregelmäßige Geräusch verstärkte sich, und plötzlich verstummte der Motor ganz.

Die beiden Männer tauschten erneut einen überraschten Blick. Wanner sagte: »Sieht ganz so aus, als ob der Sprit alle wäre.«

Aber Pepper schüttelte den Kopf. »Wir haben doch gestern getankt, als wir im Dorf unten angekommen sind. Es müßten noch mindestens dreißig Liter drinsein.«

Sie stießen die Türen auf. Obwohl sie tief in der Schlucht waren, fuhr ihnen der Eiswind ins Gesicht. Pepper warf einen Blick zur oberen Kante der Schlucht hinauf und sah, wie der Sturm den Schnee in dichten Schleiern über die Böschung trieb. »Kein angenehmes Wetter!« brummte er.

Wanner hatte eine Taschenlampe unter dem Sitz hervorgezogen und stand nun hinter dem Fahrzeug. Er schraubte den Tank auf und leuchtete hinein. Doch er konnte nichts erkennen.

Pepper holte aus dem Führerhaus einen Holzstab und steckte ihn durch die Tanköffnung. Als er ihn wieder herauszog, war er trocken. Wieder tauschten die beiden Männer nur einen Blick.

Wanner kroch unter das Fahrzeug und leuchtete den Tank von unten ab. Und da entdeckte er es: ein kleines, kaum einen Millimeter großes Loch, durch das der Treibstoff gesickert war.
Pepper, der inzwischen auf den Knien lag, erkannte den Schaden auch.
»Angebohrt?« fragte er.
Wanner nickte.
Ächzend krochen die beiden Männer unter dem Fahrzeug hervor. Wanner lehnte sich müde gegen die rauhen Ketten.
»Denen fällt eine ganze Menge ein«, stellte er fest.
»Wir könnten ins Dorf zurückgehen, einen Ersatztank besorgen, das Loch abdichten und dann vollends hinauffahren«, schlug Pepper vor.
Aber Wanner schüttelte nur den Kopf. »Den mußt du erst mal finden, der uns da unten einen Kanister gibt.«
»Aber den Berg hinauf – dazu brauchen wir bei dem Wetter ja zwei Stunden!« gab Pepper zu bedenken.
Joseph Wanner wirkte mit einem Mal ratlos. Er war verzweifelt. Nun hatte er vor Gericht zwar recht bekommen, das bedeutete aber nicht, daß ihm hier in seiner Heimat Recht widerfuhr. Plötzlich stieß er sich mit den Schultern von dem Fahrzeug ab, und ohne noch ein Wort zu sagen, stapfte er wieder talwärts.
Pepper folgte ihm. Er kannte seinen Freund gut genug, um zu erraten, was er vorhatte. Und Paul Pepper wußte, daß es gut war, wenn er ihn dabei nicht aus den Augen ließ. Sie gingen den schmalen Weg zurück und blieben immer auf den Spuren, die die Ketten des Fahrzeuges in den Schnee gegraben hatten. Als sie über den Rand der Schlucht hinaustraten und die Ebene der Almen überqueren mußten, packte sie der Wind von hinten und trieb sie förmlich vor sich her. Pepper glaubte einige Male, der Sturm werde ihn nach vorne umwerfen und – das Gesicht voraus – in den Schnee drücken. Obwohl die Wolken den Himmel nun ganz bezogen hatten, lag eine seltsame Helligkeit über der Hochfläche.

Drunten im Tal sah man vereinzelte Lichter. Die Kirchturmuhr schlug elfmal.
Wanners Schritte wurden immer fester und länger. Er schob die Schultern weit vor und hatte die Hände tief in seinen Taschen vergraben. Auf dem Weg ins Tal sprach er kein einziges Wort. Als sie den Dorfrand erreichten und den steilen Pfad zwischen Kirche und Pfarrhaus hinunterstapften, trat gerade der Pfarrer aus dem Haus.
»Nanu«, rief er, »seid ihr nicht vor einer Stunde erst hinaufgefahren?«
Aber Wanner ging mit keinem Wort auf ihn ein. Pepper hob leicht die Schultern, als ob er ausdrücken wollte: ›Das nützt gar nichts, ihn jetzt anzusprechen, er wird sowieso keine Antwort geben.‹
Dann waren sie auf dem Marktplatz. Aus dem »Löwen« hörte man laute Männerstimmen. Ohne einen Augenblick zu zögern, überquerte Wanner den Platz und stieß die Tür zu dem Lokal auf. Dichter Rauch trieb ihm sofort die Tränen in die Augen. Das Gespräch am Stammtisch verstummte. Alle Köpfe fuhren herum, und zwölf Augenpaare starrten den Wanner-Sepp und Paul Pepper an. Wanner stand ein paar Augenblicke breitbeinig und unbeweglich im Windfang. Dann ging er zum Tresen, hinter dem der Liftl-Toni stand und übereifrig frisch gespülte Gläser abtrocknete. Der Wirt hob das Glas, das er gerade in der Hand hielt, hoch und prüfte gegen das Licht, ob es auch ganz sauber sei. Dann wienerte er noch ein bißchen daran herum und stellte es auf den Tresen zurück.
Joseph Wanner hatte ihn beobachtet. Jetzt nahm er das große Henkelglas, nahm es hoch und schlug es mit solcher Gewalt auf die Theke, daß es in tausend Scherben zersprang. Dann sagte er finster: »Wenn du den Krieg willst, kannst du den Krieg haben!«
Anton Meyer bückte sich wortlos, holte unter der Theke einen Kehrbesen und eine Schaufel hervor und fegte mit ruhigen Bewegungen die Scherben sorgfältig vom Tresen. Er schüttete alles in

einen Mülleimer und verstaute Schaufel und Besen wieder an ihrem Ort. Dann richtete er sich auf, sah Joseph Wanner tief in die Augen und sagte: »Ich denke, zwischen uns ist alles besprochen!«
»Aber selbst wenn man Streit hat«, meldete sich jetzt Pepper, »ist es eine hinterlistige und gemeine Methode, dem andern den Tank seines Fahrzeugs anzubohren.«
Der Liftl-Toni sah den Detektiv befremdet an.
»Ich weiß nicht, wovon Sie reden.«
»Wir sind in der Finkenschlucht liegengeblieben, weil wir keinen Sprit mehr hatten. Gestern waren noch fünfzig Liter im Tank. Gefahren sind wir keine fünf Kilometer. Wir haben den Tank untersucht und ein Loch gefunden, das ganz eindeutig hineingebohrt worden ist. Kein Zufall, kein Unfall, keine Beschädigung durch einen Stein oder so etwas. Nein, es handelt sich um eine mutwillige Beschädigung.«
Der Wirt breitete die Arme aus. »Ich verstehe immer noch nicht, was ich damit zu tun habe.«
Pepper ging nicht auf die Frage ein. »Das Loch muß hineingebohrt worden sein, solange wir hier saßen und mit Ihnen gesprochen haben. Wäre der Tank eher angebohrt worden, wäre der Sprit längst herausgelaufen gewesen, und wir hätten gar nicht starten können.«
Pepper bemühte sich um eine sachliche und ruhige Sprechweise.
Der Wirt nickte bestätigend. Das sah er ein.
»Aber wir saßen ja hier alle zusammen«, betonte der Liftl-Toni.
»Ganz recht«, antwortete Pepper, »ich glaube auch nicht, daß es jemand gewesen sein kann, der während des Gesprächs unter uns war.«
»Der Liftl-Toni hat genug Leute!« warf Joseph Wanner dazwischen. Er stand noch immer in unveränderter Haltung an der Theke und hielt den abgebrochenen Henkel des Glases in der Hand.
»Ob du mir's glaubst oder nicht«, sagte Anton Meyer, »ich hab' nichts damit zu tun!«

Der Wanner-Sepp lachte auf. »Als ob es irgend etwas gäbe in diesem Dorf, mit dem du nichts zu tun hättest.«
»Und was wollt ihr jetzt eigentlich?« rief der Jakob-Bauer vom Stammtisch her.
Pepper drehte sich zu ihm um. »Wir wollen zwanzig Liter Sprit. Das Loch kann man mit einem Kaugummi abdichten, dann kommen wir leicht hinauf bis zur Hütte.«
»Ihr glaubt doch nicht, daß ihr hierherkommen könnt, uns beschimpfen, und daß euch anschließend noch einer weiterhelfen wird«, bemerkte der Wirt kalt.
Wanner sah zu seinem Freund hinüber. »Da hast du's! Ich hab's ja gleich gesagt. Helfen wird uns hier keiner!« Dann drehte er sich wieder zu dem Wirt um. »Als ich vor zwei Stunden hier rausgegangen bin, war ich ein geschlagener Mann. Ja, ich hab' geglaubt, daß ich hier nichts mehr verloren habe, genau wie du gesagt hast. Ich hätte aufgegeben. Ich wäre woanders hingezogen. Einer wie ich braucht nur eine Hütte, möglichst weit oben in den Bergen, und die Möglichkeit, seine Pflanzen zu ziehen und ein paar Tiere zu halten. Ich wäre gegangen! Aber wenn ihr meint, ihr könntet einen Menschen niederwerfen und danach noch weiter auf ihm herumtrampeln und nach ihm treten, dann habt ihr euch getäuscht. Ihr werdet euer blaues Wunder erleben!«
Als er diesmal das Lokal verließ, hatte er einen anderen Abgang als zwei Stunden zuvor. Er wirkte nicht mehr müde und niedergeschlagen. Joseph Wanner ruckte in den Schultern, drückte das Kreuz durch und schritt mit hoch erhobenem Kopf aus dem Lokal. Pepper verharrte noch einen Augenblick und sah in die Gesichter der Männer von Enzensweiler. Er wollte noch etwas sagen, sah dann aber ein, daß er hier keinen Einfluß mehr hatte. So winkte er nur müde ab und folgte seinem Freund. Der hatte den Marktplatz schon fast überquert, als Pepper die Tür zum »Löwen« hinter sich zuzog. Mit langen Schritten strebte Wanner den Kirchrain hinauf. Pepper überlegte einen Augenblick, ob er am

Pfarrhaus klingeln sollte. Der Pfarrer fuhr auch eine Schneekatze und hatte möglicherweise einen Ersatztank. Aber dann war ihm plötzlich klar, daß sich Wanner von niemandem helfen lassen wollte. Also stapfte nun auch Paul Pepper den schmalen Weg zwischen Kirche und Pfarrhaus hinauf, ohne nach links oder rechts zu schauen.

Jetzt stand ihnen der Sturm ins Gesicht. Sie mußten sich mit aller Kraft dagegenstemmen und hatten dabei fast keine Sicht, weil die Flocken nun schwer und naß fielen und von den Böen waagrecht dahergetrieben wurden.

Joseph Wanner ging gleichmäßig und bemühte sich dabei, feste Tritte in den weichen Untergrund zu drücken, damit es sein Freund, der ihm dichtauf folgte, leichter hatte. Sie erreichten die Finkenschlucht und atmeten beide auf, als der Wind in dem Einschnitt ein wenig nachließ.

Das Fahrzeug stand unverändert auf halbem Weg in der Schlucht. Wanner ging ein paarmal um das Schneemobil herum, um zu prüfen, ob es auch sicher stand. Der Schnee bildete keine feste Unterlage, zumal es tags zuvor warm gewesen war. Wenn die Schneemassen ins Rutschen kamen, rissen sie das Fahrzeug unweigerlich mit in die Tiefe hinab. Deshalb nahm Wanner zwei Latten aus dem Führerhaus und trieb sie unter die Ketten, so daß eine zusätzliche Stütze entstand. Dann marschierte er weiter durch die Schlucht.

Über den oberen Rand der Schlucht mußten sie sich regelrecht hinüberkämpfen, denn hier konnte der Wind ungehindert zupakken, und inzwischen hatte er noch zugenommen. Jetzt trieb ihnen die weiße Masse in dicht aufeinanderfolgenden, schweren Vorhängen entgegen. Fast schien es, als müßten sie die vom Wind hochgetriebenen Flocken mit den Armen teilen.

Pepper bekam langsam Angst. Sein Freund arbeitete sich verbissen vorwärts. Aber schon seit einiger Zeit hatte Pepper keine Wegmarkierungen mehr gesehen. Jetzt formte er seine beiden Hände

zu einem Trichter und rief Wanner zu: »Sind wir denn noch auf dem richtigen Weg? Ich kann keine Stangen mehr erkennen!«
Wanner rief zurück: »Wir kürzen ab!«
Aber selbst der erfahrenste Bergführer, der die Gegend wie seine Hosentasche kennt, kann sich irren, zumal wenn er sich, wie Wanner in dieser Nacht, mehr mit seiner Wut und seinem Zorn herumschlägt, als sich auf den Weg zu konzentrieren.
Sie hatten sich etwa achthundert Meter über die Fläche vorgearbeitet, die im Sommer eine liebliche Alm war, jetzt aber wie eine schlimme Eis- und Schneewüste wirkte. Der Wind jaulte zwischen den Bergflanken wie ein wildes Tier. Wanner hatte die Hände aus den Taschen genommen und ruderte bei jedem Schritt, ein paarmal schon war er in Schneewächten geraten, die weit über seine Hüften hinaufreichten. Pepper hatte Mühe, ihm zu folgen. Sein Atem ging pfeifend. Und obwohl es kalt war, lief ihm der Schweiß in Bächen über das Gesicht. Er bemühte sich, den Anschluß nicht zu verlieren, und hielt sich stets nur zwei oder drei Schritte hinter seinem Freund.
Und da geschah es. Plötzlich sackte Joseph Wanner vor ihm weg. Er verschwand einfach in der Tiefe. Pepper glaubte noch einen Schrei zu hören und blieb vor Entsetzen erstarrt stehen. Doch dann reagierte er wie immer in gefahrvollen Situationen. Er wurde ganz ruhig und kühl und überlegte, was geschehen sein konnte und wie er sich verhalten mußte. Langsam ließ er sich auf die Knie nieder, stützte sich auf die Ellbogen ab und schob seinen Körper ganz langsam, Zentimeter um Zentimeter in die Bauchlage. Vorsichtig robbte er vor, und nun konnte er sehen, daß sich hier der Boden jäh senkte. Sie hatten bereits die Geisterschlucht erreicht, allerdings an einem Punkt, der gut dreihundert Meter weiter südlich lag als jene Stelle, an der man in den tiefen Einschnitt über einen Zickzackweg einsteigen konnte.
Pepper sah seinen Freund etwa sieben bis acht Meter tief auf einem Vorsprung liegen. Sie hatten keine Bergausrüstung dabei.

Keine Seile, keine Pickel, ja, sie trugen nicht einmal richtiges Schuhwerk für dieses Wetter und einen solchen Aufstieg.
Paul Pepper rief nach seinem Freund und war grenzenlos erleichtert, als er sofort Antwort bekam.
»Nichts passiert!« schrie Wanner herauf. Er lachte sogar und fügte noch hinzu: »Unkraut verdirbt halt nicht!«
Trotzdem sah die Lage verzweifelt aus. Von dort, wo Wanners fallender Körper im weichen, tiefen Schnee aufgefangen worden war, konnte ein Aufstieg zu Peppers Position nicht ohne Hilfe stattfinden.
Wanner hatte sich aufgerichtet und versuchte zu klettern. Aber er fand in dem vereisten und schneeüberzogenen Gestein keinen Griff und keinen Halt für seine Füße.
»Es geht nicht ohne Seil«, rief er hinauf.
Pepper schrie gegen den Wind: »Hältst du es so lange aus, bis ich wieder da bin?«
»Ja, ja«, rief Wanner. Er hatte damit begonnen, den Platz, auf dem er stand, mit schnellen, stampfenden Schritten zu einer festen Fläche zu trampeln. Erst jetzt merkte er, wie schmal die Felsnase war, die ihn aufgefangen hatte, und es schauderte ihn bei dem Gedanken, daß er an diesem Vorsprung vorbei hätte in die Tiefe fallen können. Von hier aus ging es gut siebzig, achtzig Meter senkrecht hinab. Da hätte ihm auch die dicke Schneeauflage nichts mehr genützt.
Pepper rief von oben, daß er sich nun auf den Weg zur Hütte machen werde und so schnell wie möglich wiederkommen wolle.
Wanner winkte ihm zum Abschied zu und begann sofort, seine Arme um seinen Oberkörper zu schlagen und auf der Stelle zu treten. Er wußte genau, daß er sich der Kälte nicht ausliefern durfte. Wer seinen Blutkreislauf nicht in Gang hielt und dafür sorgte, daß der Körper durch Bewegung eine gewisse Wärme behielt, wurde in der Kälte schnell schlaff. Wanner wußte aus vielen Erzählungen und Berichten, daß Menschen, die erfrieren, ab

einem bestimmten Punkt völlig willenlos werden und den Kältetod sogar wohlig erleben können. Also hielt er sich in Bewegung und legte nur ganz kurze Pausen zum Atemholen ein, ehe er erneut die Arme um den Oberkörper schlug und seinen Fußmarsch auf der Stelle wieder aufnahm.
Pepper schritt am Rand der Schlucht entlang und war dabei sehr vorsichtig. Jetzt durfte er nichts überstürzen. Zu viel Eile wäre gefährlich geworden. Er war sehr froh, als er den Einstieg zu dem Zickzackweg fand und nun auch wieder die ersten Markierungspfähle entdeckte.
So arbeitete er sich auf dem vorgeschriebenen Weg durch die Geisterschlucht über die obere Fläche und dann den Kopfengrat hinauf weiter bis zur Hütte. Erschöpft und schweißgebadet stieß er die Tür auf.
Frau Scheringer saß auf der Ofenbank. Die Kinder waren schon im Bett, aber Pit, der noch nicht geschlafen hatte, kam in seinem Jogginganzug herunter. Er hörte gerade noch, wie die Alte sagte: »Mein Gott, was ist denn mit Ihnen passiert? Sie sehen ja grauenhaft aus!«
Pepper ließ sich auf die Bank fallen. Er atmete schwer. Müde stützte er sich mit den Unterarmen auf seinen Schenkeln ab. Von Schnee und Schweiß war er gleichermaßen durchnäßt.
»Ich brauche ein Seil, dann muß ich schnell wieder los«, sagte er, »der Wanner ist abgestürzt.«
Pit hatte noch kein Wort gesprochen. Er begann seinen Skianzug und die schweren Bergstiefel anzuziehen. Dann stieg er in die Kammer hinab, die gleich neben dem Vorratskeller war, und suchte mit Bedacht ein rotes, sorgfältig geschlungenes Seil aus. Er warf es sich über die Schulter und stieg die Treppe wieder hinauf.
Pepper hatte inzwischen Pullover, Hemd und Unterhemd ausgezogen und wusch sich am Spülbecken. Er zog neue Kleider an, wechselte ebenfalls die Schuhe und nahm sich vom Haken eine andere Mütze. Dann schulterte er einen Pickel und nahm einen

groben Knotenstock, um sich zu stützen. Während der ganzen Zeit war kein Wort gefallen. Frau Scheringer hatte inzwischen Tee gemacht und bestand darauf, daß jeder noch eine Tasse trinken mußte, bevor sich die beiden auf den Weg machten.
Als sie wieder vor die Hütte traten, hatte der Wind ein bißchen nachgelassen. Trotzdem sauste er noch heftig über die Fläche. Pit sah zum Himmel hinauf und wurde gewahr, wie die Wolken gerade aufrissen und für ein paar Augenblicke das fahle Gesicht des Mondes freigaben. Dann stapften die beiden los. Zum Glück hatte es nicht mehr so viel geschneit, und Peppers Fußstapfen waren noch zu erkennen. So konnten sie sich an die Tritte halten, die er auf dem Weg zur Hütte hinterlassen hatte.
Bergab ging es rasch, zumal der Wind nun wieder von der Seite kam und ihnen nicht ins Gesicht fegte. Sie brauchten kaum zwanzig Minuten bis zur Unfallstelle. Als sie ihre Köpfe über die Kante der Schlucht schoben, sahen sie den alten Wanner wie einen Derwisch auf der Felsnase herumhüpfen.
Pepper steckte seine Finger in den Mund und stieß einen gellenden Pfiff aus. Wanners Kopf schnellte hoch.
»Na, Gott sei Dank!« rief er.
Pit nahm das Seil von der Schulter und ließ es hinab. Wanners Hände griffen gierig danach.
Pepper und Pit traten ein paar Schritte zurück und begannen, an dem Seil zu ziehen. Aber ihre Füße rutschten ständig weg, und das Seil grub sich tief in den Schnee ein, bis es die Bergkante erreichte. Dort aber verklemmte es sich immer wieder in einer Gesteinsspalte. Auf Anweisung Peppers ließen sie das Seil noch einmal hinab, so daß Wanner wieder festen Stand hatte. Pepper nahm den Pickel, und er begann, die Bahn für das Seil und ihren Standort von Schnee und Eis zu befreien. Unten auf der Felsnase schimpfte Wanner. Es ging ihm alles viel zu langsam. Immer wieder rief er herauf, sie sollten das Seil irgendwo festbinden, er werde dann schon klettern. Aber Pepper wollte sich auf nichts ein-

lassen. »Sicherheit geht vor!« rief er immer wieder die Schlucht hinunter. »Bist ja selber schuld«, setzte er noch hinzu, »warum mußtest du auch mit aller Gewalt versuchen, eine Abkürzung zu gehen.«
Dann schloß Pepper seine Vorarbeiten ab. Mit vereinten Kräften zogen Pit und er nun den alten Wanner herauf. Das ging so lange gut, bis der Joseph die Kante erreichte. Aber dort fand er keinen Griff, denn so viel hatte Pepper nicht weggepickelt, daß Wanner sich an einem Stein hätte festhalten können. Pit ließ sich auf die Knie nieder und streckte dem alten Wanner die Hand entgegen. So schafften sie es. Mit einer Hand am Seil, mit der anderen Hand fest an Pit geklammert, stemmte und schob sich Wanner vollends herauf. Ein paar Augenblicke lang blieb er schwer atmend im Schnee liegen. Dann richtete er sich mit Hilfe der beiden anderen auf und atmete ein paarmal tief durch.
»Einen Meter weiter rechts oder links«, sagte er, noch immer nach Luft ringend, »und die da unten im Dorf wären allen Ärger los gewesen!«
Den Weg zur Hütte legten sie schweigend zurück.
Frau Scheringer war seit dem Zeitpunkt, da Pit und Pepper die Hütte verlassen hatten, furchtbar unruhig gewesen. Sie ging in der Hütte auf und ab, rückte hier etwas zurecht, ordnete dort etwas um. Dann kochte sie noch einmal Tee. Schließlich deckte sie den Tisch, weil sie annahm, daß die Männer nach überstandenem Abenteuer bestimmt hungrig waren. Immer wieder ging sie zum Fenster und kratzte das Eis von den Scheiben. Sie drückte die Nase platt, konnte aber nichts erkennen. Deshalb trat sie zwei- oder dreimal vor die Tür, schützte ihre Augen mit der Hand gegen den Wind und starrte über die weiße Fläche in Richtung Tal hinab. Als die Männer dann endlich eintrafen, hatte sie sich zum erstenmal auf die Ofenbank gesetzt und wäre beinahe eingenickt. Prompt rief Pepper: »Da kann man mal sehen! Wir kämpfen um unser Leben, und die Alte macht hier ein gemütliches Schläfchen.«

Frau Scheringer ersparte es sich, ihm zu widersprechen. Sie war viel zu froh, daß alle drei wieder gesund zurückgekommen waren. Seltsamerweise hatte niemand Hunger. Es schien, als ob sie nur aus Höflichkeit ein wenig am Tee nippen würden, um Frau Scheringer nicht zu enttäuschen.

Joseph Wanner saß auf der Eckbank hinter dem schweren Holztisch. Den Schaden in seiner Hütte hatte er kaum wahrgenommen. Er war tief in Gedanken versunken.

»Nun gehe ich seit vierzig Jahren in den Berg«, meinte er kopfschüttelnd, »aber so etwas ist mir noch nie passiert. Jedem Touristen hämmert man ein, daß er nicht von dem vorgeschriebenen Weg abgehen darf. Jeder Bergführer lernt als erstes, wie gefährlich es ist, im Schnee oder im Sturm, in der Nacht und vor allem im Nebel eigene Wege zu gehen. Und ich alter Depp mach' genau diesen blödesten aller Fehler, wie ein Anfänger – wie ein blutiger Anfänger – ...«, dabei hämmerte er bei jedem Wort mit der Faust auf den Tisch.

Pepper versuchte ihn zu beruhigen: »Du warst eben mit deinen Gedanken ganz woanders!«

»Aber das darf einfach nicht passieren«, fuhr ihn der Wanner-Sepp an. »Das hätte denen da unten so gepaßt, daß es mich im Berg erwischt!«

Und dann griff er doch noch zu dem Vesper, das die Alte bereitgestellt hatte.

»Wut und Zorn sind eben schlechte Ratgeber«, meinte Pepper und legte sich ebenfalls ein Stück Schinken auf sein Holzbrett.

»Und worüber ist er denn so wütend?« fragte Frau Scheringer.

Pepper erzählte ihr und Pit, was in der Stadt geschehen war. Wie sie nach Enzensweiler zurückgekehrt waren, das Gespräch mit dem Liftl-Toni und den anderen hatten, und wie sie schließlich mit der Schneekatze liegengeblieben waren.

Den letzten Teil ihrer Erzählung bekamen auch Arnica und Jonny mit, die plötzlich in ihren Schlafanzügen erschienen waren. Offenbar hatte sie der Wanner-Sepp mit seinem Ausbruch und seinen Faustschlägen auf die Tischplatte geweckt. Und so saß dann auch bald die ganze Mannschaft um den Ecktisch.

Pit legte im Kachelofen noch einmal Holz nach, und Frau Scheringer bereitete für die Kinder ein warmes Skiwasser zu.

Nachdem Pepper ausführlich von der Gerichtsverhandlung erzählt hatte, berichteten Frau Scheringer und die Kinder, wie sie nur mit Mühe das Feuer in der Hütte hatten löschen können.

Joseph Wanner schüttelte immer wieder den Kopf und zischte: »Die schrecken wirklich vor nichts zurück. Aber jetzt sollen sie mich kennenlernen. Die sollen was erleben!«

Pepper betrachtete ihn kritisch von der Seite.

»Was überlegst du dir denn?«

Aber der Wanner-Sepp antwortete nicht.

»Mach bloß keine Dummheiten«, sagte Pepper langsam und sehr ernst. »Du hast vor Gericht recht bekommen, und niemand ist befugt, gegen dieses Urteil die Umwelt hier oben weiter zu zerstören. Damit hast du erreicht, was du wolltest, und die Leute drunten im Tal werden sich auch wieder beruhigen.«

Joseph Wanner lachte unfroh. »Beruhigen? – Da kennst du den Liftl-Toni und die anderen schlecht. Sobald sie mich hier vertrieben haben, fechten sie das Urteil an – oder sie gehen in die Berufung. Die kriegen schon, was sie wollen.«

»Aber gegen das Gerichtsurteil können sie doch gar nichts machen«, sagte Jonny.

»Dagegen nicht, aber gegen mich!« antwortete der Wanner-Sepp finster. »Aber keine Bange, wenn sie jetzt wieder zuschlagen, schlage ich doppelt zurück. Vielleicht komme ich ihnen sogar zuvor!«

Wieder sah Pepper seinen Freund mit einem langen prüfenden Blick an. Wenn er so verbohrt war, bedeutete das nichts Gutes. Pepper nahm sich vor, jeden Schritt des alten Wanner genau zu beobachten.

Gegen zwei Uhr gingen die Kinder und Frau Scheringer ins Bett. Wanner trat noch einmal vors Haus. Pepper folgte ihm und blieb dicht neben seinem Freund stehen. Leise sagte Wanner: »Und ich habe so gerne hier oben gewohnt. Nirgendwo auf der Welt ist es schöner als hier bei uns. Zumindest war das so, bevor dieser Streit begonnen hat.«
»Es wird auch wieder so werden«, stellte Pepper mit ruhiger Stimme fest.
Aber sein Freund schüttelte nur den Kopf.
Der Schneefall hatte nun ganz aufgehört. Die Wolken waren dünner geworden und ließen das Licht des Mondes und der Sterne immer heller durchsickern.
Joseph Wanner warf noch einen langen Blick auf die Berghänge und die Gipfel, die weiß verschneit bis in die Wolken hineinragten. Dann fuhr er sich mit der Hand über die Augen, drehte sich um und ging ins Haus zurück.
Pepper schloß die Tür sorgfältig ab, prüfte das Feuer noch einmal, legte zwei große Holzscheite nach und zog sich dann auch in sein Zimmer zurück. Ihm war nicht wohl. Er spürte, daß sein Freund Pläne hatte, die nichts Gutes verhießen.

Explosion im tiefen Schnee

Anderntags hingen dichte Wolken zwischen den steilen Berghängen, als Pit, Jonny und Arnica vor die Berghütte traten. »Kein Wetter zum Skifahren«, stellte Pit fest.
»Ich bin sowieso viel zu müde«, meinte Jonny.

Ihr Gastgeber trat wenig später vor die Tür, reckte die Nase in den Himmel und strich sich mit dem Handrücken über die Bakken, daß die Bartstoppeln kratzten.
»Da kommt sicher noch mehr«, sagte er. »Das reißt heute nicht mehr auf.«
Sie setzten sich an den Frühstückstisch.
»Der Franzl ist noch ein paar Tage bei seinen Eltern geblieben«, erklärte der Wanner-Sepp. »Ist vielleicht auch besser so.«
Seine düstere Stimmung war unverkennbar. Frau Scheringer hatte eine große Schüssel mit Müsli zubereitet. Auf der Herdplatte dampfte der Kaffeetopf. Als sie dann auf dem großen Tisch am Kachelofen noch eine Kerze anzündete, breitete sich eine gemütliche Stimmung in der Hütte aus. Draußen fuhr ein heftiger Sturm ums Haus und rüttelte an dem Fensterladen, der vor dem zertrümmerten Fenster festgemacht war. Der alte Wanner sah immer wieder zu der kaputten Scheibe hinüber. »Das Haus über dem Kopf anzünden«, brummte er ein ums andere Mal, »dazu sind die fähig.« Aber wenn Pepper oder Frau Scheringer auf den Überfall zu sprechen kamen, blieb er stumm. Er ließ sich auf kein Gespräch ein, so daß sich die Alte und der Detektiv schließlich mit Blicken verständigten und das Thema ruhen ließen.
Der Wind ließ etwas nach, und die Wolken begannen ihre Last abzuladen. Der Schnee fiel in dichten, schweren Flocken. Die Luft war jetzt merklich wärmer geworden. Wanner verließ das Haus und kam schon nach ein paar Minuten mit Handwerkszeug und einer Glasscheibe zurück. Mit geschickten Händen setzte er die neue Scheibe ein. Die anderen sahen ihm aufmerksam zu. Gesprochen wurde nicht. Als Frau Scheringer erzählte, der Pfarrer habe sich persönlich heraufbemüht, knurrte Wanner nur: »Aber auch bloß, weil die Buben runter sind und ihn quasi dazu gezwungen haben.«
Gegen Mittag verließ er das Haus, ohne Bescheid zu sagen, wohin er ging. Frau Scheringer hantierte am Herd herum, Pepper las in

einem Buch. Pit, Jonny und Arnica spielten ein Brettspiel. »Eigentlich ganz gemütlich«, meinte Frau Scheringer.
»Ich hab' kein gutes Gefühl«, brummte Pepper und stopfte sich eine Pfeife. »Sieht so aus, als wollten die unten im Dorf unbedingt etwas erzwingen.«
»Man müßte denen mal ordentlich ins Gewissen reden«, schimpfte Frau Scheringer. Pepper lachte. »Sie wären imstande dazu!«
»Natürlich wäre ich das!«
Pepper steckte seinen Tabak in Brand. »Da ist einer so stur wie der andere.«

Um die gleiche Zeit saßen drunten im Tal die Männer im »Löwen« bei ihrem Frühschoppen. Es war Samstag. Das Wetter vereitelte alle Arbeiten, die sie an diesem Wochentag sonst um ihre Häuser herum erledigten. Also trafen sie sich in der Gaststätte. Man beriet, wie man den Wanner zur Vernunft bringen könnte, und meinte unter »Vernunft«, daß er klein beigeben sollte. Michel Hallhuber führte das große Wort. Er und sein Bruder würden den sturen Bock dort droben schon zur Einsicht zwingen, protzte er. Und auch der Liftl-Toni sprach große Worte. Sie tranken ein paar Schnäpse, und dann beschlossen die drei plötzlich, zum Wanner-Sepp hinaufzusteigen. Das war etwa um die Zeit, als auch der Sepp sein Haus verließ.
Der Jakob-Bauer riet den Hitzköpfen noch ab. »Es ist warm geworden über Nacht«, rief er ihnen noch nach, »das richtige Wetter für Lawinen!« Aber der Wirt winkte nur ab. Er kenne sich schließlich aus in den Bergen, rief er den anderen noch zu. »Mit den Bergen kann man sich auskennen«, sagte der Jakob-Bauer, »aber mit den Lawinen nie!« Und der Kellnerin rief er zu: »Zünd am besten gleich eine geweihte Kerze an.«
Aber niemand nahm ihn ernst.
Andi, sein Bruder Michel und der Liftl-Toni überlegten sich, ob sie die Schneekatze nehmen sollten. Sie entschlossen sich dann

doch, zu Fuß aufzusteigen, weil jetzt der Sturm wieder zunahm und die Flocken wie Taschentücher vom Himmel segelten. »Wenn's so weitergeht, liegen morgen anderthalb Meter Neuschnee«, meinte Anton Meyer. Aber dann sprach niemand mehr, bis sie in der Finkenschlucht waren.

Der Wanner-Sepp war langsam, aber stetig durch den tiefen Schnee gestapft. Er hatte Mühe, die weite Fläche zu überwinden, denn der Sturm stand ihm direkt ins Gesicht. Erst als er den Fuß des Kopfengrats erreichte, ließen die Böen nach. Die hohe Felsenwand bot einen gewissen Schutz. Schritt für Schritt stieg Joseph Wanner den gewundenen Bergweg hinauf, der mehr zu ahnen als zu sehen war. Er wußte, wenn er den Grat erreichte, würde ihn der Sturm mit ungebremster Kraft anfallen wie ein wildes Tier. Aber darauf freute er sich beinahe. Sein dunkles, zerfurchtes Gesicht zeigte finstere Entschlossenheit. Denen würde er schon zeigen, was es bedeutete, ihm, dem Wanner-Sepp, eine Brandbombe ins Haus zu werfen!

In seinem Rucksack, der schwer an seinen Schultern hing, weil der nasse Schnee auf ihm lastete, lagen vier Stangen Dynamit. Man sprengte im Sommer die Felsen damit weg, wenn sie die Wege zuschütteten. Manchmal schoß man damit auch die schweren Baumwurzeln aus ihrer Verankerung in den steilen Steinwänden links und rechts des Tals.

Joseph Wanner erreichte den Kopfengrat. Es war schlimmer, als er vermutet hatte. Die Schneeflocken trieben ihm waagrecht entgegen und verklebten in Sekundenbruchteilen die Augen und den Mund. Selbst durch die Nasenlöcher bekam er nur schwer Luft. Wanner senkte den Kopf und zog ihn gleichzeitig tief zwischen die Schultern. Er hatte den Weg begonnen und würde ihn nun auch zu Ende gehen.

Er ahnte nicht, daß sich um die gleiche Zeit drei Männer aus dem Dorf den Berg hinaufkämpften, um ihn in seiner Hütte noch einmal, ein allerletztes Mal, zur Rede zu stellen.

Der Weg senkte sich in eine Mulde. Joseph Wanner hätte ihn auch gefunden, wenn er noch viel tiefer verschneit gewesen wäre. Bis über die Knie sank er ein, ehe er auf dem festen Altschnee halbwegs einen Halt fand. Seine Bewegungen wurden langsamer, bedächtiger – nicht, weil er müde, sondern weil er vorsichtiger wurde. Der erste Liftmast tauchte im grauweißen Wolkennebel auf. Er war nur schemenhaft zu erkennen. Aber Wanner wußte, daß von seinem Standort aus erst eine tiefe Schlucht zu überwinden war, um zu dem Masten zu kommen. Man sah den Einschnitt zwar nicht, doch dem Bergbauern war nur zu gut bekannt, wie tief er sich zwischen die Felsen eingrub. Er mußte die Schlucht umgehen und wendete seine Schritte deshalb nach rechts und weiter bergwärts. Er war nun seit gut zwei Stunden unterwegs, aber er spürte keine Müdigkeit. Im Gegenteil: ihm schienen die Schritte leichter zu werden. Er spürte den Wind und den nassen Schnee kaum mehr. Seine Schritte blieben gleichmäßig und fest. Die Lippen waren heftig aufeinandergepreßt. Die Augen, die er nicht einmal durch eine Schneebrille schützte, wirkten wie schmale Schlitze.

»Umdrehen wäre gescheiter«, sagte Michel Hallhuber. »Was wir vorhaben, können wir auch morgen noch erledigen.«

»Nein, jetzt ist es angefangen!« knurrte der Wirt, »es sind eh nur noch zwanzig Minuten – rauf ist es kürzer als runter!«

»Bloß, daß wir runter auf jeden Fall noch müssen!« gab der Hallhuber zurück.

Frau Scheringer hatte begonnen, ein Kreuzworträtsel zu lösen. Sie kam aber nicht so recht vorwärts, weil ihre Gedanken immer wieder zu Joseph Wanner abschweiften. »Was er wohl vorhat?« murmelte sie nachdenklich.

»Ich hätt' ihm folgen sollen«, meinte Pepper. Er klopfte seine Pfeife aus, obwohl er sie noch nicht einmal halb geraucht hatte.

»Das könnten wir doch noch machen«, ließ sich Pit von der Ofenbank hören. »Wir richten uns einfach nach seinen Spuren!«

»Wenn noch welche zu finden sind...« Pepper ging zur Tür und machte sie auf. Trotz des Windfangs pfiff der Sturm herein und brachte einen Schwall nassen Schnees mit.
Pepper betrat schon nach wenigen Augenblicken wieder die Hütte. »Ihr würdet sagen: ›Null Chance!‹ «, sagte er. »Man erkennt schon jetzt seine Schritte nicht mehr!«
Joseph Wanner hatte das Ende der Schlucht erreicht. Er umging sie in respektvollem Abstand und befand sich jetzt auf der gegenüberliegenden Seite am Rand des Skigebietes. Nun konnte er die Schritte talwärts lenken, was den Fußmarsch ein wenig leichter machte. Mit einer langsamen Bewegung schob er den Ärmel seines Anoraks zurück. Noch ehe er auf das Zifferblatt seiner Uhr schauen konnte, war es zugeschneit. Er wischte es mit dem Daumen frei. Seit dreieinhalb Stunden war er nun schon unterwegs, bald würde er sein Ziel erreicht haben. Der Mast wurde im Schnee- und Nebeldunst erst sichtbar, als sich der Bergbauer nur noch wenige Meter vor ihm befand. Aber auch jetzt ging der Wanner-Sepp nicht schneller. Er erreichte den Betonsockel und blieb schwer atmend stehen. Mit der linken Hand streifte er den Riemen von der rechten Schulter und schüttelte den Rucksack dann vollends ab, so daß er in den tiefen, nassen Schnee plumpste. Wanner ging in die Hocke und schnürte den Knoten auf. Die Dynamitstangen hatte er mehrfach in Plastik eingepackt, und dann noch mal ein dickes Stück Sackleinen darumgeschlagen. Seine Hände waren ganz ruhig, als er den Stoff nun auseinanderfaltete. Er wendete sich dem Liftmasten zu. Die Drahtseile, die ganz oben über eine Rolle liefen, trugen eine schmale, gut zehn Zentimeter hohe Schneeschicht. Der Sturm hatte zudem auf der Wetterseite mächtige Schneebatzen an die Gitterkonstruktion geklebt.
Mit seinen behandschuhten Händen grub Wanner eine tiefe Kuhle in den Schnee, dicht bei dem Sockel, und legte das Stück Sackleinen hinein. Er blies den Schnee von der Plastikverpackung der etwa fingerdicken Dynamitstangen und schob das Päckchen in die

Kuhle. Sorgfältig zog er die Zündschnur heraus, die er ebenfalls mit einem Plastiktuch ummantelt hatte. Er legte die Schnur vorsichtig aus, griff nach dem Rucksack und ging nun – das Ende der Schnur fest in seine warme Hand eingeschlossen – rückwärts bis zu der Stelle, wo sich die Schneefläche in die Schlucht hinabsenkte. Auf den Knien rutschte er so tief hinab, daß er mit den Augen gerade noch über den Rand sehen konnte. Dann zog er sein Benzinfeuerzeug heraus. Er drehte das gezahnte Rädchen, der Feuerstein blitzte auf, der Docht entzündete sich. Zischend faßte die Flamme zu, biß sich fest, fraß sich vorwärts. Ihr schien der Schnee nichts auszumachen. Sie züngelte giftgelb die Zündschnur entlang. Schnell lief sie auf den Masten zu. Fast schien es, als ob sie sich beeilen würde. Wanner duckte sich tief in den nassen Schnee.
Die beiden Hallhuber-Brüder und der Liftl-Toni hatten die halbe Fläche zwischen der Finkenschlucht und Wanners Hütte hinter sich gebracht. Wieder einmal blieben sie stehen, um durchzuatmen. Das letzte Stück würden sie schnell schaffen, meinte der Andi leichthin. Da ließ sie ein plötzliches Geräusch erstarren. Ein dumpfer, mächtiger Ton.
»Wie ein Schuß«, vermutete Michel.
»Aber dann müßte es schon ein Kanonenschuß gewesen sein«, meinte der Liftl-Toni.
»Oder eine Bombe«, sagte Andi.
»Ach geh!« brummte der Wirt, aber irgendwie war ihm unbehaglich. »Damit löst einer leicht eine Lawine aus«, fügte er noch hinzu.
»Vielleicht war's ja überhaupt ein Lawinenschuß«, rief Michel Hallhuber, der ein paar Schritte weitergegangen war.
»Red keinen Unsinn, du weißt doch ganz genau, wie das klingt.«
Die beiden anderen waren inzwischen bei Michel angekommen, blieben dann aber noch eine ganze Weile ratlos stehen.
Die Detonation warf den Schnee wie eine Fontäne in die Luft. Steinbrocken folgten, dann ertönte ein knarrendes Geräusch, das plötzlich in ein ohrenbetäubendes Quietschen überging. Der Mast

wurde aus seiner Verankerung gerissen, blieb aber an den Stahlseilen hängen, als ob er mit Wäscheklammern festgemacht wäre. Joseph Wanner hob langsam den Kopf und besah sich sein Werk. Eigentlich hätte er mit sich zufrieden sein können. Sein Vorhaben war nun ausgeführt. Es hatte alles so funktioniert, wie er es sich vorgenommen hatte, aber seltsamerweise fühlte er sich nicht zufrieden und schon gar nicht erleichtert. Was blieb, war vielmehr ein schales, unangenehmes Gefühl. So etwas wie Scham beschlich ihn. Er wischte sich den kalten Schweiß von der Stirn und griff nach seinem Rucksack. Plötzlich wäre es ihm viel lieber gewesen, er hätte alles rückgängig machen können.

In der Wanner-Hütte hatten Pepper, Frau Scheringer und die Kinder die Explosion auch gehört.

»Die sprengen wohl schon die Lawinen ab«, bemerkte Jonny.

»Hoffentlich«, antwortete Pepper mit finsterer Miene. Überrascht sahen ihn die anderen an.

»Klang wie eine Detonation«, sagte Pepper, »ich hab' so was schon öfter gehört.«

Er stopfte sich eine neue Pfeife, obwohl der Kopf noch gar nicht erkaltet war. Zehn Minuten später trommelten Fäuste gegen die Tür. Frau Scheringer griff wieder einmal nach Wanners Flinte, während Pepper öffnete.

Die drei sahen wie Schneemänner aus. Sie hatten sich nicht die Mühe gemacht, die Besen im Windfang zu benutzen, um sich damit die Schuhe und die Kleider abzukehren.

»Wo ist er?« fragte Hallhuber drohend.

»Wenn Sie den Wanner-Sepp meinen – das weiß ich nicht«, antwortete Pepper.

Die Männer begannen ihre Kleider abzuklopfen.

»Hätten Sie das nicht draußen machen können?« giftete Frau Scheringer und kam mit einem Lappen und einem Schrubber, um die nassen Flecken aufzuwischen.

»Warten wir eben«, beschloß der Liftl-Toni.

Pepper machte eine einladende Geste zum großen Tisch. Arnica, Pit und Jonny rückten ein wenig zusammen. »Einen Tee oder einen Kaffee?« fragte Pepper.
»Danke, nichts«, sagte Hallhuber.
»Warum nicht«, ein Tee mit Schuß wär' schon recht«, meinte dagegen der Löwenwirt.
Pepper ging zum Schrank und holte eine Flasche Enzian. Dann setzte er Wasser auf und sagte über die Schulter. »Haben Sie das vorhin gehört – klang wie eine Sprengung in einem Steinbruch oder so.«
Der Liftl-Toni, der sich immerhin bemühte, ein klein wenig höflich zu sein, sagte: »Wer soll denn um diese Zeit…?«, unterbrach sich dann aber und legte die Stirn in Falten.
Pit sah Andi an. »Letzte Nacht hat ja auch einer eine Bombe geworfen.«
Niemand entgegnete etwas darauf, aber alle betrachteten wie auf Kommando die Brandstellen im Bretterfußboden.
»Ja«, unterbrach die Alte nach einer Weile das Schweigen, »fast wäre ich ein Grillbraten geworden, aber ein zäher, das kann ich Ihnen versichern!«
Anton Meyer lachte und sagte: »Sie sind richtig!«

Joseph Wanner schnürte seinen Rucksack wieder zu und warf ihn über die Schulter. Der Rückweg würde einfacher sein. Inzwischen kam der Wind von hinten, und seine Tritte waren trotz des heftigen Schneefalls noch zu erkennen. Sie gaben ihm zusätzlichen Halt. Aber nun merkte er auch, wie sehr ihn der Weg über den steilen Kopfengrat angestrengt hatte. Immer häufiger spürte er die Unsicherheit, die eine ganz normale Folge der Müdigkeit ist. Ein paarmal erwischte er sich selbst dabei, daß er sich nicht mehr auf den Weg konzentrierte, sondern wie im Schlaf Fuß vor Fuß setzte und dabei sogar von seinem Weg abkam. Eine Rast wollte er aber auch nicht einlegen. Ein Mann, der in den Bergen groß geworden

war, wußte zu gut, daß nichts gefährlicher war, als einer aufkommenden Schwäche nachzugeben. Also gab er sich selbst einen Ruck und folgte weiter seiner eigenen Spur.
Der Schneefall hielt unvermindert an. Der Wind kam jetzt in unberechenbaren Sturmböen und fuhr so heftig über die Hochfläche, daß er sogar den feuchten, pappigen Neuschnee in wilden Wirbeln hochtrieb. Nicht zum erstenmal fragte sich der Wanner-Sepp, warum er das alles machte. Für sich selber doch nicht! Für die anderen? Was gingen ihn die anderen an! Die waren doch sowieso alle gegen ihn. Laut gab er sich selber Antwort: »Weil's richtig und nötig ist!«
Auf einmal war er sich wieder ganz sicher. Die Natur der Berge war viel zu wertvoll, um ein paar profitgierigen Menschen geopfert zu werden. Und auf einmal erschien ihm auch seine Aktion gegen den Liftmasten wieder gerechtfertigt. Und dieser Gedanke gab ihm die Kraft, den langen Weg über die Hochebene, auf der man ungeschützt Schnee und Sturm ausgesetzt war, in Angriff zu nehmen.

Als der Tee fertig war, goß Pepper ein paar Becher voll und öffnete die Enzianflasche. Die Männer gossen sich den Schnaps in ihren Tee und rührten dann stumm darin herum.
»Hat er gesagt, wann er wiederkommt?« fragte nach einer Weile Michel Hallhuber.
»Er ist weggegangen, ohne etwas zu sagen«, antwortete Pit und wandte sich dann an Meyer: »Kann ich Sie mal was fragen?«
Der Wirt antwortete nur mit einem Grunzen.
»Glauben Sie nicht auch, daß in ein paar Jahren die Feriengebiete viel mehr Zulauf haben werden, in denen die Natur noch intakt ist?«
»So viel geht dann auch wieder nicht kaputt!« raunzte Meyer. »Kommt ganz drauf an, was man im Sommer macht.«
»Ich hab' nur gelesen…«, wandte Pit ein.

»Ach was, gelesen..., die Zeitungen schreiben einen Haufen Mist. Wir wohnen schließlich hier oben und wissen ganz genau, was geht und was nicht geht.«
»Das sagt der Herr Wanner aber auch«, ließ sich Arnica hören. Und Pepper fügte hinzu: »Möglicherweise ist es zu spät, wenn man's erst merkt.«
»Sie kommen hier herauf«, fuhr ihn Meyer unfreundlich an, »und geben kluge Sprüche von sich. Dabei haben Sie keine blasse Ahnung!«
Pepper lächelte ihn an. »Da ist was dran, obwohl ich in vielen Teilen der Welt gesehen habe, was passieren kann, wenn man mit der Natur falsch umgeht.« Er goß sich noch eine Tasse Tee ein, nahm sie in beide Hände und blies darüber hinweg, um das Getränk ein wenig zu kühlen.
»In den Mittelmeerländern zum Beispiel haben in früheren Zeiten die Völker ihre Wälder erbarmungslos abgeholzt, um Bauholz für ihre Häuser und ihre Schiffe zu schlagen. Um eine Aufforstung hat man sich damals nicht gekümmert. Der Regen hatte also gar keine Mühe, den Mutterboden aufzuweichen und hinabzuschwemmen in die Flüsse und ins Meer. Die Erdkrume verschwand auf Nimmerwiedersehen, der kahle Fels kam darunter hervor. Das Land verkarstete. Und wenn es nun regnet, fließt das Wasser einfach weg, es wird nicht mehr festgehalten von der Erde und vom Wurzelwerk der Bäume. Das ganze Klima hat sich verändert. Inzwischen wird das gleiche in Südamerika und in Afrika gemacht. Die Wälder werden auf dem einfachsten Weg abgeholzt – ohne Rücksicht auf den Boden, auf die Tierwelt und letztlich auch ohne Rücksicht auf den Menschen, der dort lebt und nach und nach seine Lebensgrundlagen verliert.«
Pepper atmete tief durch. Er sprach selten mehr als einen Satz. Eine solche Ansprache kostete ihn richtig Mühe und nahm ihm die Luft.
Die drei Männer hatten ihm mit steigendem Interesse zugehört.

»Na ja«, sagte Anton Meyer leise, »das mag schon alles stimmen, aber man kann's doch nicht einfach auf uns hier übertragen.«
»Nicht so direkt. Aber nun gibt es ja wirklich auch in unseren Bergen Erkenntnisse genug. Wo man bedenkenlos die Natur dem Skisport opfert, wird sie sich rächen. Da kann man sich darauf verlassen!«
Die Tür flog auf. Joseph Wanner stand auf der Schwelle. Er war völlig durchnäßt, seine schütteren Haare fielen ihm in nassen Strähnen ins Gesicht. Seine Augen lagen tief in den Höhlen. Er sah aus wie ein Mensch, der sich zu viel zugemutet hat.
»Raus hier!« preßte er hervor, »ich habe euch nicht eingeladen, oder?«
»Langsam«, versuchte ihn Pepper zu beschwichtigen.
»Nein, schnell – sie sollen schnell verschwinden. Ich will keinen von denen mehr sehen. Geht mir aus den Augen!«
Er machte ein paar Schritte in den Raum hinein, schwankte. Pit spang auf und stützte ihn. Wanner wollte ihn abschütteln, aber da fiel ihn eine noch heftigere Schwäche an. Er brach auf der Ofenbank zusammen.
Meyer und die beiden anderen starrten ihn an. Nun waren sie heraufgekommen, um ihn noch einmal richtig zur Brust zu nehmen. Aber was sollte man gegen einen ausrichten, der ganz offensichtlich am Ende seiner Kräfte und damit wehrlos war?
Zögernd stand der Löwenwirt auf. Er blieb aber noch mal vor seinem Erzfeind stehen. »Die Explosion«, sagte er, »was war das?«
Aber der Wanner-Sepp hatte inzwischen schon wieder etwas Kraft gewonnen. Er sah zu Meyer auf.
»Wenn ihr den Krieg wollt, dann könnt ihr ihn haben – mit allen Konsequenzen!«
»Niemand will Krieg – du zwingst ihn uns auf, Wanner-Sepp!«
»Das seh ich anders, ich will dir mal was sagen...«, aber weiter kam er nicht. Ein Hustenanfall schüttelte ihn.

»Ich kann jetzt nichts mehr für dich tun«, sagte der Löwenwirt.
Wanner lachte auf. »Du hast noch nie etwas für mich getan!«
»Täusch dich nicht!« Der Liftl-Toni ging zur Tür, nickte den beiden anderen zu und rief: »Los, kommt, wir packen's. In einer Stunde ist es Nacht!«
»Aber...«, zögerte der Hallhuber.
»Ihr seht doch, daß jetzt nix zu machen ist!«
Die beiden Hallhuber-Brüder standen auf und gingen ebenfalls zur Tür.
»Vielen Dank für den Tee«, sagte Andi überraschend.
»Bitte, bitte«, antwortete Pepper und ging zur Tür, um sie hinter den dreien zu schließen. Dann trat er vor seinen Freund hin.
»Die Explosion, das warst du!«
»Vier Stangen Dynamit!« Der Wanner-Sepp kicherte.
»Sag mal, bist du verrückt geworden?«
»Möglich. Das gleiche habe ich mich auch gefragt, als der Mast gekippt war.«
»Mann, Mann, Mann!« Pepper schlug die flache Hand gegen die Stirn. »Ihr verbohrten Bergbauern, werdet ihr eigentlich nie vernünftig?«
»Mit Vernunft geht nix!« sagte Joseph Wanner und lehnte sich müde gegen seinen schönen Kachelofen.
Der Detektiv starrte seinen Freund an. »Weißt du eigentlich, was das bedeutet?«
»Denen soll endlich klarwerden, daß man mir keine Bomben ins Haus schmeißen kann. Ich zahl mit gleicher Münze zurück, verstehst du – Auge um Auge und Zahn um Zahn.«
»Trinken Sie lieber einen Tee, damit Sie zur Vernunft kommen«, sagte die alte Frau Scheringer sachlich.

Der weiße Tod

Am Sonntag ließ der Schneefall ein wenig nach, aber die Lifte gingen noch immer nicht. Die Gemeinde strömte in die Kirche. Es war noch wärmer geworden. Michel Hallhuber, der am Kirchenportal seinen Freund Anton Meyer traf, sagte mit einem Blick zum Himmel: »Wirst sehen, am Mittag reißt's auf!«

Fast den gleichen Satz sagte der Wanner-Sepp zu Paul Pepper, als er mit ihm vor die Hütte trat. Pepper war noch wortkarger als sonst. Er hatte in dieser Nacht kaum geschlafen, denn Wanners Bombenanschlag ging ihm nicht aus dem Kopf. Nicht nur, daß der Mast kaputt war, die Liftgesellschaft würde auch Ausfälle haben und Wanner dafür haftbar machen. Was dann?
Die beiden Männer standen nebeneinander, betrachteten den bleigrauen Himmel, der jetzt nur noch wenige Schneeflocken herabsandte, und schwiegen bedrückt.
Arnica, Pit und Jonny kamen aus dem Haus. »Kann man heute Ski fahren?« fragte Jonny.
»Ja, aber ihr müßtet erst ins Tal runter«, sagte der Wanner-Sepp. »Über die Hochfläche geht's bei dem Wetter nicht. Am Abend kann ich euch dann mit der Schneekatze raufholen.«
Pepper sah seinen Freund von der Seite an. Glaubte der wirklich, er könne sich am Abend noch ins Dorf hinunterwagen?
Nach der Kirche gingen die meisten Männer zu ihrem Frühschoppen. Andi und Michel Hallhuber stiegen auf einen Rattrack und machten sich auf den Weg, um die Piste zu pflegen. Der Himmel wurde jetzt immer lichter, schon konnte man die Sonne als gleißende runde Scheibe hinter den Wolken erkennen. Sie fraß den Nebel förmlich weg. Die Rattracks mußten sich durch den hohen Neuschnee kämpfen. Sie kamen langsamer als sonst den Berg hinauf. Die unteren Lifte begannen bereits ihren Betrieb. Aber ganz

oben am Kopfengrat lief noch nichts, und als die Männer, die dort Dienst taten, den Elektromotor des Lifts einschalteten, leuchteten sofort alle Alarmlampen auf. Hallhuber, der gerade mit seinem Rattrack die untere Station dieses obersten Lifts erreichte, registrierte sofort, daß etwas nicht stimmte.

»Steig auf!« rief er dem Liftwart zu und brauste auch schon los. Schnurgerade zog er die Bahn hinauf. Es war der kleinste Lift – ein Schlepper, der knapp 500 Meter lang war. Aber die Skifahrer liebten diesen Teil des Skigebietes besonders, zumal hier der Schnee auch an feuchtwarmen Tagen meist noch trocken und pulvrig blieb.

Der Rattrack hatte zwei Drittel der Strecke geschafft, als Hallhuber und der Liftwart die Bescherung entdeckten. Noch bevor sie den zerstörten Masten erreicht hatten, nahm Hallhuber sein Funkgerät zur Hand und gab ins Tal durch: »Der Wanner-Sepp hat einen Liftmasten gesprengt!«

Die Nachricht verbreitete sich wie ein Lauffeuer und erreichte rasch auch die Männerrunde im Löwen. Empörung breitete sich aus. Ein paar der Männer wollten sofort los, um sich den Wanner vorzuknöpfen. Der Löwenwirt versuchte sie zu beschwichtigen, und auch der Polizist Moser setzte seine Autorität ein, um es nicht gleich zum Äußersten kommen zu lassen. Gemeinsam machten sich der Polizeibeamte und der Wirt auf den Weg. Die Pisten waren nun schon von den Rattracks plattgewalzt. Die ersten Skifahrer wedelten über die Hänge herab. Niemand wunderte sich darüber, daß der obere Lift noch nicht geöffnet war – zumal es auch eine Lawinenwarnung gegeben hatte.

Moser steuerte seine Schneekatze auf dem schnellsten Weg zum Tatort. Die beiden Hallhubers erwarteten ihn dort. Mit wichtiger Miene stapfte Moser um den Masten herum, der noch immer in den Drähten hing wie ein angeschlagener Boxer in den Seilen. Michel Hallhuber zeigte die Stelle, an der die Bombe offensichtlich explodiert war. Moser nickte gemessen.

»Schon ein Verdacht?« fragte er dann.
»Das ist doch klar!« rief Hallhuber.
»Irgendwelche Hinweise auf irgendeine Person?« fuhr der Polizeibeamte ungerührt fort.
»Das war der Wanner, wer denn sonst!?«
»Was weiß ich? Es gibt auch noch andere Gegner des Skibetriebs. Außerdem: Der Wanner hat doch gestern vor Gericht recht bekommen, warum sollte er dann ausgerechnet am Tag danach den Masten in die Luft jagen?«
»Weil...« Michel Hallhuber unterbrach sich. Er konnte ja schlecht sagen: »Weil wir ihm vor vier Tagen eine Bombe in sein Haus geworfen haben.«
Der Löwenwirt sprang ein: »Weil er völlig vernagelt ist. Nun hat sich gezeigt, was das für einer ist! Das Gericht hat ihm recht gegeben, aber so einem wie dem Wanner-Sepp genügt das natürlich nicht. Der muß seine eigene Rache haben, wenn Sie verstehen, was ich meine!«
»Natürlich verstehe ich das!« knurrte der Polizeibeamte ungnädig.
»Ich war übrigens gestern bei ihm. Unterwegs haben wir eine Explosion gehört«, fuhr Anton Meyer fort. »Und wer nicht zu Hause war, das war der Wanner. Zwei Stunden später ist er dann gekommen. Todmüde, völlig fertig war er. Und wenn Sie mich fragen – ein schlechtes Gewissen hat er außerdem gehabt!«
»Ja, dann werden wir uns den Herrn mal vornehmen«, sagte Moser. Er sah zum Himmel hinauf. Es war jetzt sehr warm. Die Sonne brach gerade durch die Wolken. Niemand beachtete die drei Kinder, die mit ihren Skiern langsam den Berg hinaufstiegen.
»Am besten, wir fahren gleich hinüber!« Hallhuber deutete quer über den Berg.
»Aber nicht über den Lawinenhang«, sagte der Polizist.
Anton Meyer kniff die Augen zusammen, sah zu der schroffen Felswand hinauf, prüfte dann den Himmel und meinte schließlich: »Eine Stunde oder so könnt's noch halten!«

»Aber nur vielleicht«, sagte Moser. »Wir fahren ab ins Tal und steigen auf der anderen Seite der Finkenschlucht wieder hinauf.«
»Ohne mich«, rief Andi.
Arnica und Jonny waren nun nur noch etwa 50 Meter entfernt. Pit war den anderen beiden voraus und stieg nun mit schnellen Grätschschritten vollends auf. Er hörte, wie die Männer noch eine Weile herumdiskutierten, ob man nun über den gefährlichen Hang oder doch lieber den sicheren Umweg wählen sollte. Nun war auch Jonny bei Pit angekommen.
»Die wollen dem Wanner an den Kragen«, sagte Pit.
»Dann müssen wir ihn warnen«, gab Jonny zurück.
»Geht nicht.«
»Warum denn nicht, wir fahren über den Hang!«
»Nein, da herrscht Lawinengefahr.«
Jonny hatte dem Freund gar nicht weiter zugehört. Er stieß sich mit beiden Stöcken ab und ging in die Hocke, um ordentlich Fahrt aufzunehmen. Von hier aus konnte man ein großes Stück gleiten, mußte dann aber erneut 50 Meter aufsteigen, um zu der Hütte abfahren zu können.
»Halt, warte doch!« schrie Pit.
Die Köpfe der Männer fuhren herum.
»Laßt das!« brüllte der Liftl-Toni. »Ihr könnt nicht über den Hang. In einer halben Stunde ist da womöglich schon der Teufel los.«
Pit hatte inzwischen die Verfolgung seines Freundes aufgenommen. Aber als Jonny über die Schulter zurücksah und bemerkte, daß der Freund ihm folgte, hielt er das für eine sportliche Herausforderung und versuchte, mit kräftigem Stockeinsatz zusätzlich Tempo zu bekommen. Arnica schüttelte verärgert den Kopf und fuhr über die Piste ab. Die beiden Jungen waren ohnehin schon so weit voraus, daß sie gar keine Chance gehabt hätte, sie einzuholen.
»Die fahren bloß, um den Wanner zu warnen«, sagte Michel Hallhuber und startete den Motor seines Rattracks. Auch sein

Bruder Andi warf die Maschine seiner Pistenraupe an. Anton Meyer stieg rasch bei Michel auf. Die Rattracks richteten ihre Frontseiten Richtung Wanner-Hütte und donnerten los. Es nützte nichts, daß Moser schrie und tobte und ihnen schließlich die schlimmsten Verwünschungen nachschrie. Die beiden Schneeungetüme gruben sich ihre Piste über den Kopfengrat, durch die Schlucht hinaus auf die weite Ebene, auf der jetzt die Sonnenstrahlen glänzten.

Pepper hatte sich eine Pfeife gestopft und mit dem Besen die Bank vor der Hütte freigefegt. Frau Scheringer war ebenfalls aus der Hütte getreten. Sie brachte den Korb mit ihrem Strickzeug mit. Pepper legte eine dicke Wolldecke auf die Bank und meinte: »Hier läßt sich's aushalten. Ein Wetterchen ist das wie im schönsten Frühling.«
Aus weiter Ferne war ein Grollen zu hören.
»Eine Lawine«, sagte er, »wie gut, daß wir die Kinder gewarnt haben.«
»Zum Glück war sie weit weg«, seufzte die Alte erleichtert.
»Hier wird's auch bald so weit sein. Der viele Neuschnee hat keine Bindung zum Altschnee bekommen, der rutscht runter wie nichts, und eine Lawine hat eine solche Gewalt, wie man sie sich gar nicht vorstellen kann.«
»Gibt es denn da irgendwelche Möglichkeiten, sich zu retten?«
»Na ja, sehr gute Skifahrer sind schon mal einer Lawine davongefahren, aber da muß man ein Weltmeister sein. Andere, die hineingeraten sind, haben wie durch ein Wunder überlebt, vorausgesetzt, sie sind ihre Skier losgeworden und konnten schwimmen.«
Frau Scheringer lachte hell auf. »Hören Sie auf, mich zu veralbern, PP«, sagte sie. Aber Pepper blieb ernst.
»Sie haben richtig gehört. Wenn man in eine Lawine kommt, soll man Schwimmbewegungen machen, damit sie einen nicht so weit hinunterdrückt.«

»Ernsthaft!«
»Sie können's ja mal probieren«, meinte Pepper und zwinkerte seiner alten Freundin zu, die jetzt noch mal mit einem kleinen Seufzer sagte: »Ein Glück, daß die Kinder gewarnt sind!«

Pit und Jonny hatten etwa auf dem halben Hang zur Schlucht die Fahrt verloren. Die Skier hörten auf zu gleiten. Endlich war nun Pit bei Jonny angelangt und fuhr ihn an: »Sag mal, du hast sie ja wohl nicht alle!«
»Was ist denn mit dir los?« Jonny sah seinen Freund überrascht an.
»Da herrscht schwere Lawinengefahr, und du fährst direkt auf den am meisten gefährdeten Hang zu.«
»Die doch auch!« Jonny deutete auf die beiden Rattracks, die jetzt etwa fünfzig Meter über ihnen den Hang passierten und gerade in die kleine Schlucht hinabtauchten, um schon wenige Sekunden später auf der anderen Seite wieder zu erscheinen.
»Wir jedenfalls fahren nicht weiter!« beschloß Pit.
»Hat ja sowieso keinen Zweck mehr«, rief Jonny. Er war sich zunächst gar nicht klar, warum er mit jedem Wort lauter schrie, aber dann begriff er plötzlich.
Ein grollendes Donnern war zu hören, das sich schnell verstärkte. Fürchterlich klang das, drohend und unheilverkündend. Dann sahen sie eine riesige weiße Staubwolke, die mächtig aufquoll und drüben, jenseits der Schlucht, den ganzen weiten Hang einhüllte. Das Donnergrollen wurde noch heftiger und schien das ganze weite Bergmassiv zu erfüllen.
Die Rattracks waren noch einen Augenblick zu sehen. Pit glaubte zwei oder drei Männer zu entdecken, die von ihren Fahrzeugen absprangen, zu rennen begannen, aber dann von den gewaltigen weißen Wogen aufgesogen und mitgerissen wurden. Er stieß einen Entsetzensschrei aus. Dann wurden sein Freund und er von der mächtigen Druckwelle gepackt und zu Boden geworfen. Schnee

tobte über sie hinweg und schien für Augenblicke ihre Lungen bis zum Platzen zu füllen. Doch dann war der Spuk schon vorüber. Weiter unten verebbte die Lawine schließlich. Pit rappelte sich auf und zog Jonny aus dem Schnee. Er fror plötzlich und merkte, daß er am ganzen Körper zitterte. Nur die Schlucht hatte sie davor gerettet, mit ins Tal gezogen zu werden. Dreißig oder vierzig Meter lagen zwischen Leben und Tod. Pit prüfte seine Skibindung. Sie saß noch fest. Auch Jonny war abfahrtbereit.
»Los!« rief Pit, »wir müssen den Rettungsdienst alarmieren!«

Pepper und Frau Scheringer waren von der Lawine ebenfalls überrascht worden, aber sie ging so weit entfernt nieder, daß sie zwar auch noch eine Druckwelle verspürten, im übrigen das Ganze aber als Naturschauspiel betrachten konnten. Angst verspürten sie erst, als der Wanner-Sepp aus der Hütte gestürzt kam, einen Sturzhelm über den Kopf stülpte und schrie: »Los, Pepper, wir müssen da rüber!«
»Aber warum denn? Der Lawinendienst hat die Leute doch gewarnt«, sagte die Alte.
»Es gibt immer Dumme, die trotzdem in den Berg gehen!« rief Wanner, während er Suchsonden, Schaufeln und Decken auf seinen neuen Motorschlitten packte.
Pepper ging wie selbstverständlich ins Haus und holte sich auch einen Schutzhelm. Sekunden später startete die Schneekatze mit voll aufgedrehtem Motor. Frau Scheringer schlug rasch ein Kreuz und faltete die Hände zu einem Gebet.

Pit war noch nie so schnell abgefahren. Er nahm fast die ganze Piste im Schuß, schwang auch vor dem letzten Hügel nicht ab, der direkt über dem Dorfplatz lag, und kam erst ganz dicht bei der Straße zum Stehen. Er machte die Skier ab, lief auf den »Löwen« zu und schrie, was seine Lungen hergaben: »Eine Lawine, der Hallhuber und der Liftl-Toni sind verschüttet!« Das wiederholte er so lange, bis ihm eine schwielige Hand den Mund verschloß und der Jakob-Bauer beruhigend auf ihn einredete. »Ja, ja, ist ja gut. Wir haben's alle gehört. Alle!«

Die beiden Rattracks waren ein Stück mit zu Tal gerissen worden und dann an den Felsen hängen geblieben – zerbeulte Wracks. Joseph Wanner hielt an und schüttelte den Kopf. »Das versteh ich nicht. Die hätten's doch wissen müssen!« Er stieg von seinem Fahrzeug und griff nach den Sonden. »Jetzt zählt jede Minute«, sagte er. »Schad, daß ich keinen Lawinenhund habe.«

Von Ferne hörte man das Geräusch eines Hubschraubers. »Aha, der Heli kommt schon«, sagte Wanner. »Gott sei Dank!« Er hob den Daumen, als er den Rattrack erreicht hatte, und peilte über ihn hinweg das Tal an. Dann schritt er langsam und gleichmäßig hinunter. Etwa achtzig Meter weiter schob er die Sonde zum erstenmal behutsam in den Schnee. Pepper folgte ihm. Wortlos nahm er die gleiche Arbeit auf. Das war schon damals so gewesen, als sie noch gemeinsam auf den Forschungsreisen waren. Sie verstanden sich auch ohne Worte. Sie arbeiteten im Gleichklang, ohne sich groß verständigen zu müssen, wie das nur bei Freunden möglich ist.

Der Hubschrauber kam näher und kreiste über ihnen. Wanner gab dem Piloten ein Zeichen. Landen konnte der Helikopter hier nicht. Plötzlich hielt Wanner mit seiner Sonde inne.

»Eine Schaufel«, befahl er.

Pepper stapfte zu dem Motorschlitten, um zwei Schaufeln zu holen. Dann gruben sie gemeinsam. Vorsichtig hoben sie flache Schichten Schnee ab. Der Helikopter kreiste nun tiefer und tiefer. Als Pepper einmal kurz einen Blick hinaufwarf, sah er, daß der Copilot eifrig in ein Mikrofon sprach. »Jetzt langsam«, rief Wanner plötzlich. Er ließ sich auf die Knie nieder und drehte seine Hand in den Schnee. Dann nickte er und schob mit der anderen Hand kleine Schneemengen zur Seite. Pepper stand nur still

daneben und beobachtete den Freund. Ein Gesicht kam zum Vorschein, schneeverkrustet und mit blutigen Schrammen. Pepper ließ sich auf die Knie hinab und begann sofort mit Mund-zu-Mund-Beatmung, während Wanner den Körper vollends freilegte und ihn sofort in Wolldecken einhüllte.
Schon nach wenigen Augenblicken schlug Anton Meyer die Augen auf. Der Hubschrauber stand jetzt direkt über ihnen, so dicht, daß er den Schnee aufwirbelte. Auf ein Zeichen des Wanner-Sepp wurde über einen Kran an der Seite des Fluggerätes eine Bahre hinabgelassen. Behutsam hoben Pepper und Wanner den Löwenwirt auf die Liege und schnallten ihn fachmännisch fest.
»Verdammt«, sagte der Liftl-Toni, »das war knapp!«
Aber da zog die Hebevorrichtung schon sanft an und hievte den Geborgenen hinauf.
Pepper und sein Freund setzten ihre Suche fort. Nur wenige Schritte weiter gruben sie Andi Hallhuber aus. Er war noch nicht bei Bewußtsein, als ihn ein zweiter Hubschrauber aufnahm. Michel Hallhuber fanden sie erst, als die Hilfstruppen aus dem Tal schon eingetroffen waren. Er war bei vollem Bewußtsein, hatte aber genau nach der Vorschrift nicht versucht, sich selber zu befreien. Erst als ihn die Sonde traf, bewegte er sich. Er versuchte sogar aufzustehen, als Pepper und Wanner ihn freigebuddelt hatten, war dann aber doch zu schwach dafür. Später erklärte der Arzt, unter Schockeinwirkung verhielten sich die Verschütteten oft so, als sei eigentlich gar nichts Besonderes geschehen. Michel Hallhuber wurde mit dem Akja zu Tal gebracht. Erst danach merkte Pepper, daß er schweißgebadet war. Die Kleider klebten am Körper, seine Knie waren butterweich, und sein Atem ging stoßweise und pfeifend.
Moser trat zu den beiden und sagte mit ernster Miene: »Ich hätte da noch ein paar Fragen.«
»Morgen«, brummte Pepper.
»Nein, jetzt!« fuhr ihn der ehemalige Kollege an.

»Was denn, hier mitten am Berg, verschwitzt und abgekämpft, wie wir sind? Kommt nicht in Frage!« Pepper trug Schaufeln und die Sonden zu der Schneekatze, schnallte alles fest und befahl seinem Freund: »Komm, Sepp, wir fahren!«
Joseph Wanner war noch mitgenommener als der Detektiv. Der Gewaltakt des Vortages steckte ihm noch in den Knochen. Aber er sah plötzlich sehr zufrieden aus. Als er neben Pepper zu seiner Schneekatze trat, sagte er: »Meinst du nicht auch, ich hab' wieder ein klein wenig gutgemacht?«
»Ein wenig? – Eine ganze Menge, mein Lieber!« rief Pepper. Am liebsten hätte er gesagt »alles«, aber er wußte natürlich, daß das nicht stimmte.

Pit und Jonny waren mit dem Trupp vom Dorf heraufgekommen. Pepper betrachtete die Jungen erleichtert: »Ein Glück, daß ihr gewarnt wart und nicht probiert habt, über die Hochfläche zur Hütte zu fahren.«
Pit und Jonny wechselten ein paar schnelle Blicke. Dann sagte Pit: »Wo Sie recht haben, haben Sie recht, PP!« Dann bestieg er einen der Rattracks, die sich jetzt einen Weg durch die unregelmäßigen Schneehaufen bahnten. Jonny warf noch mal einen Blick zum Gipfel hinauf und seufzte: »Was für ein Glück, daß hier keine zweite runterkommen kann!«
Die beiden Jungen sahen Pepper und Wanner nach, deren Schneefahrzeug nun gemächlich über den Hang zur Hütte hinüberzog. Beinahe hätten sie überhört, wie einer der Männer sagte: »Ja, so einen wie den Wanner, den gibt's halt so schnell nimmer!«

Ein Brief, so gut wie ein Vertrag

Es sah aus und roch wie in jedem Krankenhaus. Arnica, Pit und Jonny gingen, jeder mit einem Blumenstrauß in der Hand, den langen, öden Korridor hinunter.

»Zimmer 376«, sagte Pit.

Sie waren am späten Vormittag droben in Enzensweiler in den Bus gestiegen, um in die Kreisstadt zu fahren. Es war eine Idee von Arnica gewesen. Frau Scheringer wußte von ihrem Unternehmen. Zu Pepper und Wanner hatten sie nichts gesagt.

Wanner war sehr schweigsam geworden, seitdem er wußte, daß ihm eine Anklage wegen schwerer Sachbeschädigung drohte. Zwar war der Mast innerhalb von zwei Tagen wieder repariert gewesen – alle im Dorf hatten zusammengeholfen. Aber einer Gerichtsverhandlung konnte der Bergbauer nicht aus dem Weg gehen, das wußte er.

»Wenn die Staatsanwaltschaft erst einmal anfängt zu ermitteln, hält kein Mensch der Welt so ein Verfahren auf«, hatte Pepper ihn belehrt.

Das Verfahren war das eine, was den Wanner-Sepp bedrückte. Das andere war die Tatsache, daß ihn der Löwenwirt auf Schadenersatz verklagen konnte.

»Aber Sie haben ihm doch das Leben gerettet«, sagte Pit zu Wanner. Der winkte nur ab. »Ich hör' ihn schon, wie er sagt: ›Fünf Minuten hin oder her – die anderen hätten mich auch gefunden.‹ «

»So blöd ist der Löwenwirt nicht!« meinte Pepper daraufhin, konnte aber seinen Freund nicht davon überzeugen. Das war der eigentliche Grund, warum die drei jetzt durch den langen Klinikkorridor marschierten.

Pit klopfte und machte die Tür vorsichtig auf. Anton Meyer, Michel und Andreas Hallhuber saßen auf Kissen gestützt in ihren

Betten und spielten Skat. Eine freundliche Schwester hatte die Betten so zusammengeschoben, daß die drei Männer spielen konnten, ohne sich dabei in die Karten zu schauen.
Ein bißchen verlegen blieben Jonny, Pit und Arnica in der Tür stehen. »Und den und den und dann noch den«, tönte Michel Hallhuber und drosch drei Trümpfe auf die Bettdecke. Dann erst schaute er auf.
»Ja, da schau her«, rief er, »die drei Stadtpflanzen!«
»Wo kommt ihr denn her?« fragte der Löwenwirt.
Die drei legten ihre Blumen auf die Betten. Pit sagte: »Wir haben gedacht, wir schauen halt mal rein, wie's Ihnen geht.«
»Weil der Wanner und der Pepper sich selber nicht hertrauen, was?« rief der Löwenwirt.
»Na ja, wo Sie doch gegen den Wanner-Sepp prozessieren«, sagte Pit, wohl wissend, daß es nicht ganz so war. Den Prozeß führte ja sozusagen der Staat.
»Ich?« rief dann auch prompt und empört der Löwenwirt, »wer behauptet denn so was?«
»Ja, tun Sie das denn nicht?« fragte Arnica.
»Der hat mir doch das Leben gerettet!« sagte der Liftl-Toni, »und überhaupt...« Aber was er damit meinte, behielt er für sich.
Pit, Jonny und Arnica atmeten so erleichtert auf, daß der Löwenwirt die Augen zusammenkniff und sagte: »Schickt er euch also doch, der Bazi!«
»Nein, er weiß gar nicht, daß wir hier sind«, rief Arnica schnell.
»Übrigens, der Mast steht schon wieder«, sagte Pit.
»Fast so schnell, wie er umgelegt war«, rief Andi.
»Außerdem ist überhaupt noch nicht bewiesen, daß es der Herr Wanner war«, ließ sich Jonny hören.
»Aber da gibt's ja nun wirklich keinen Zweifel«, knurrte Meyer.
»Vielleicht haben Sie keinen Zweifel, aber wo sind die Beweise?« rief Jonny.
»Jetzt schau sich einmal einer dieses spitzfindige Stadtbürschel

an!« dröhnte Michel Hallhuber und schlug mit der Hand auf die Bettdecke.
Aber Anton Meyer hatte plötzlich ein nachdenkliches Gesicht bekommen. »Recht hat er schon, der Bub. Bewiesen ist es noch nicht, und ein Geständnis hat er auch noch nicht abgelegt, der Wanner-Sepp.«
Außer vor Pepper und uns, dachte Pit bei sich. Laut sagte er: »Nein, das hat er ganz bestimmt nicht!«
Arnica wollte das Thema nicht weiterverfolgen, deshalb bemerkte sie schnell: »Es sind übrigens eine Menge Leute abgereist, weil die Lawine runtergegangen ist.«
»Ja, das ist immer so«, meinte Michel Hallhuber, »dabei ist das Skigebiet überhaupt nicht lawinengefährdet.«
»Und wie sieht es mit dem aus, das Sie erschließen wollten?« fragte Pit.
»Da hätt' man halt Verwahrungen bauen müssen. Außerdem würde man an solchen Tagen da oben natürlich sperren.«
»Das dauert, bis die Leute wieder kommen«, stellte Andi nachdenklich fest.
»Immer, wenn mal eine Lawine bei uns runtergeht, verlieren wir einen Haufen Gäste«, sagte nun auch Michel Hallhuber ärgerlich.
»Da können Sie aber froh sein, daß Sie nicht schon zusätzliche Hotels und Pensionen gebaut haben«, meinte Arnica.
»Schau dir die Schlaumeier an«, wetterte der Liftl-Toni und schien Spaß an der Unterhaltung zu haben. »Wenn die noch eine Weile weitermachen, reden sie uns bald unsere ganzen schönen Pläne aus.«
»Das würde uns bei Ihnen so oder so nie gelingen«, sagte Pit.
»Und warum nicht?«
»Weil Sie so furchtbar dickschädlig sind.«
»Sagt wer?«
»Sage ich und nicht nur ich!«
Als ob er ablenken wollte, wandte sich Michel Hallhuber zu

Arnica: »Geh, leg doch die Blumen ins Waschbecken und laß Wasser einlaufen. Die Schwester soll sie dann nachher in Vasen stecken.«
»Wie lange müssen Sie überhaupt noch bleiben?« fragte Jonny.
»Nun ja«, meinte der Michel, »meinen Bruder hat's am schlimmsten erwischt: Prellungen am ganzen Körper, der sieht aus wie eine Landkarte, zwei gebrochene Rippen und eine Gehirnerschütterung.«
»Aber zum Skatspielen reicht's«, rief der Andi dazwischen.
»Zum Verlieren schon«, gab sein Bruder zurück. »Also der Andi muß bestimmt noch vier Wochen im Krankenhaus bleiben. Wir zwei dürfen sicher nächste oder übernächste Woche heim.«
Die Kinder drucksten noch ein bißchen herum. Schließlich ergriff Pit noch mal das Wort: »Herr Meyer, jetzt, wo Ihnen der Herr Wanner das Leben gerettet hat, zusammen mit PP...«
»Du meinst den Pepper?«
»Ja. Wäre es da nicht möglich, daß Sie auf Schadenersatz verzichten?«
»Schickt er euch deshalb?«
»Er schickt uns überhaupt nicht«, fuhr Pit ein bißchen zu rasch auf. »Es war ganz allein unsere Idee. Aber wir denken halt, es wär ein schönes Geschenk, wenn wir ihm Ihre Zusage mitbringen könnten.«
»Ich hab' sowieso nicht mehr dran gedacht...«, sagte der Wirt.
»Könnten wir das denn auch aufschreiben?« fragte Pit.
»Was aufschreiben?« Meyer sah ihn verständnislos an, »willst du hier einen Vertrag aufsetzen oder was?«
»Ich dachte eher an eine Art Brief von Ihnen!«
»Du bist vielleicht so ein Schlitzohr. Ein ganz durchtriebenes Früchtchen.«
Pit hatte das Gefühl, daß er mit seinem Vorschlag doch zu weit gegangen war. Deshalb fügte er kleinlaut hinzu: »War ja bloß so eine Idee von mir. Vergessen Sie's einfach!«

Aber Arnica wollte nicht so schnell aufgeben. »Vergessen, ja warum denn? Ich finde es richtig und anständig, wenn der Herr Meyer dem Wanner-Sepp den Brief schreibt. Da ist ja das wenigste, was man erwarten kann!«

»Hoho, habt ihr das gehört?« schrie der Hallhuber, »hat man überhaupt schon mal so etwas gehört, hä?«

»Macht doch nichts«, antwortete Arnica schnippisch, »wenn Sie's zum ersten Mal hören!«

Meyer mußte lachen. Er sagte zu den Hallhuber-Brüdern: »Wenn man darüber nachdenkt, was wir alles mit dem Wanner angestellt haben...« Dann fuhr er sich mit der Hand über das Gesicht und erschauerte ein wenig. »Und wenn man denkt, was passiert wäre, wenn er uns nicht gefunden hätte! Keiner ist so lawinenerfahren wie der Wanner-Sepp. Die anderen hätten vielleicht tagelang nach uns gesucht.«

»Die Lawinenhunde hätten uns schon gefunden«, murrte Andi. Aber da fuhr ihn der Löwenwirt böse an: »Dafür hat du überhaupt keine Garantie. Die Lawinenhunde sind auch schon oft zu spät gekommen. Nein, nein, wir haben unser Leben dem Wanner und seinem Freund zu verdanken. Geh mal dort hinüber zu dem Tisch, Mädchen, und gib mir das Briefpapier und den Stift.«

Arnica beeilte sich sehr, das Gewünschte zu holen. Und Anton Meyer, den sie im Dorf den Liftl-Toni nannten, begann zu schreiben:

Lieber Wanner-Sepp,

der Michel und der Anton Hallhuber und auch ich danken Dir für Deinen Einsatz. Wir wissen ganz genau, daß Du

uns das Leben gerettet hast und Du
kannst sicher sein, daß wir Dir das
<u>nie</u> vergessen werden.
Und weil das so ist, will ich Dir hier
schriftlich bestätigen, daß ich im Namen
der Liftgesellschaft auf jeden Anspruch
wegen des zerstörten Liftmastes verzichte,
sollte es sich überhaupt herausstellen,
daß Du etwas damit zu tun hast. Des
weiteren teile ich Dir mit, daß ich in den
nächsten Jahren den Ausbau des Skigebietes
nicht weiter betreiben werde.
Ich hoffe, daß wir uns bald gesund
wiedersehen und unseren Streit bei einem
Guten Glas begraben können.
Mit schönen Grüßen aus dem Krankenhaus

Dein Toni Meyer.

Er las den Brief noch zweimal durch, nickte anschließend höchst mit sich zufrieden und zeigte das Schreiben schließlich Pit. Der fragte gleich: »Können Sie denn für die ganze Liftgesellschaft sprechen, Herr Meyer?«

»Den möcht ich sehen, der da was dagegen hat!« antwortete der Löwenwirt mit finsterer Miene.
Jetzt hatten es die drei jungen Leute plötzlich ziemlich eilig. Andi mischte bereits wieder die Skatkarten neu, und der Liftl-Toni sagte: »Wer weiß, für was das alles gut ist. Und richte dem Wanner-Sepp aus: Der Brief sei so gut wie ein Vertrag!«

Pit, Jonny und Arnica gingen, nachdem sie die Klinik verlassen hatten, bei Franzl Wanner vorbei und holten ihn ab. Mit dem Fünf-Uhr-Bus fuhren sie nach Enzensweiler zurück. Frau Scheringer hatte natürlich den beiden Männern längst erzählt, was die drei jungen Leute vorhatten, und so wartete der Wanner-Sepp mit seinem neuen Schneemobil bereits an der Omnibushaltestelle, als die vier ankamen.
Auf der ganzen Fahrt sprachen sie nichts.
Frau Scheringer hatte einen riesigen Topf Makkaroni gekocht und eine wunderbare Fleischsoße dazu gemacht. Jetzt nahmen alle auf der Eckbank um den großen Eichentisch Platz, und Pepper teilte aus.
Aber bevor noch einer die erste Gabel voll Nudeln in den Mund schieben konnte, verkündete Pit fast feierlich: »Also, der Liftl-Toni verzichtet, auch im Namen der Liftgesellschaft, auf alle Schadenersatzansprüche.«
»Sagt er das?« fragte Wanner ohne Begeisterung.
»Er schreibt es Ihnen sogar«, antwortete Pit und zog den Brief aus der Jackentasche.
Joseph Wanner las ihn fast andächtig und wischte sich dann doch tatsächlich mit seinem Zeigefinger eine Träne aus dem Augenwinkel. Schließlich wandte er sich an Pepper.
»Weißt du, was er schreibt? ›Sollte es sich überhaupt herausstellen, daß du etwas damit zu tun hast...‹ «
»Na ja«, sagte Pepper, »du hast ja einen guten Anwalt. Und jetzt: Guten Appetit!«

Kleines Nachspiel

Die Gerichtsverhandlung war erst im darauffolgenden Sommer. Joseph Wanner hatte bei den polizeilichen Untersuchungen ein umfassendes Geständnis abgelegt – dazu hatte ihm Dr. Hirsch geraten. Das Gericht legte das prompt zu Wanners Gunsten aus. Auch die Tatsache, daß Anton Meyer und sogar Michael Hallhuber aussagten, sie hätten den Bergbauern mehrfach provoziert, trug dazu bei, daß die Strafe gering ausfiel und zur Bewährung ausgesetzt wurde.

Und dann geschah etwas, was eben nur in Enzensweiler geschehen kann. Alle Beteiligten feierten nach der Gerichtsverhandlung gemeinsam ein Fest. So sehr sie vorher zerstritten waren, so heftig fiel nun die Versöhnungsfeier aus. Und natürlich waren auch Paul Pepper und seine Freunde dazu eingeladen.

Eigentlich, so meinte der Liftl-Toni in einer kleinen Ansprache, müsse man dem Wanner-Sepp für seine Sturheit ja dankbar sein, denn der Fremdenverkehr habe sich nicht so weiterentwickelt, wie ursprünglich angenommen. Wahrscheinlich müsse man froh sein, wenn man in Enzensweiler genug Gäste für die jetzt vorhandenen Betten bekäme.

»So gesehen«, tönte der Löwenwirt, »hat uns der Wanner nicht nur das Leben gerettet. Er hat uns auch dazu verholfen, daß wir eine Menge Geld gespart haben.«

Alle jubelten. Nur der Wanner-Sepp saß in sich gekehrt und schweigsam da.

»Jetzt sag halt auch etwas!« rief ihm der Liftl-Toni zu. »Lieber nicht«, antwortete Wanner leise.

»Na, jetzt aber!«

»Also gut.« Joseph Wanner stand auf, nahm sein Glas und drehte es ein bißchen verlegen in den Händen. »Es hätt' ja auch alles

anders kommen können. Ohne Lawine, ohne Lebensrettungsaktion, ohne Rückgang des Fremdenverkehrs.«
Plötzlich war es still geworden im Löwensaal. Pepper sah nachdenklich, aber voll empfundener Sympathie zu seinem Freund auf, der nun fortfuhr: »Ja, was dann? Ich wäre verfemt, ausgestoßen, wahrscheinlich hätte ich längst das Dorf verlassen müssen. Bitte, ich will ganz bestimmt niemandem Vorwürfe machen. Ich hab ja selber die größten Fehler gemacht. Aber so sind wir Menschen halt. Und wenn man's genau nimmt, haben alle miteinander bloß Glück gehabt, daß es so und nicht anders gekommen ist.«
Er nahm einen Schluck aus seinem Glas. Alle Augen waren auf ihn gerichtet, was ihn sichtlich verlegen machte. »Na ja«, fügte er hinzu, »das wollt ich halt gesagt haben, weil ich gründlich darüber nachgedacht habe. Ich bin froh, daß ich meinen Alpengarten und meine Almen weiter pflegen kann und...« Er schluckte, und seine Stimme wollte ihm nicht mehr so richtig gehorchen, »...und daß Ihr jetzt alle wieder mit mir redet!« Dann gab er sich einen Ruck, schluckte das letzte Stückchen Rührung hinunter und vollendete: »Und damit Prost allerseits!«
Alle tranken ihm zu. Aber viele Gesichter waren sehr nachdenklich geworden. »Und das«, sagte nachher die alte Frau Scheringer, »hat ganz bestimmt sein Gutes gehabt!«
Anschließend fuhren sie mit einem Jeep zu der Berghütte hinauf. Pit, Jonny und Arnica glaubten, in einer ganz anderen Landschaft zu sein. Vor der Hütte breitete sich eine saftige Bergwiese aus, auf der die Kühe weideten. Links hinter dem Haus prangte Franzls Alpengarten in allen Farben.
Wer diese Pracht sah, glaubte gerne, daß dieser Garten inzwischen das Ziel der Botaniker aus ganz Europa war. Franzl hatte sich die Mühe gemacht, die seltensten Alpenpflanzen zu suchen, behutsam auszugraben und in seinem Alpengarten anzusiedeln. Nirgendwo sonst in Deutschland, Österreich oder der Schweiz gab es

eine vergleichbare Anlage, und kein Alpengärtner hatte auch nur annähernd so vollständig die Flora des Gebirges zusammengetragen.

Zwischen Hütte und Alpengarten hatte der Wanner-Sepp im Frühjahr eine kleine Terrasse angelegt, und die Männer aus dem Dorf waren ihm sogar dabei behilflich gewesen. Dort stand nun ein schwerer Holztisch, ganz ähnlich dem, den man in Paul Peppers grüner Idylle fand. Darum herum standen zwei Bänke und vier aus Baumstämmen grob gehauene Stühle.

Frau Scheringer hatte Kaffee gekocht und einen Kuchen gebakken. Nun saßen sie gemütlich beisammen. Die Sonne hatte den Zenit schon eine Weile überschritten und näherte sich dem Kopfengrat, hinter dem sie bald wie eine große rote Scheibe untergehen würde.

Pepper sah seinen Freund an. »Du könntest dich eigentlich ruhig ein bißchen freuen«, stellte er dann fest. Ihre Blicke begegneten sich. Der Wanner-Sepp schüttelte leicht den Kopf. »Wir hätten uns das sparen können«, sagte er, »wenn wir alle miteinander nur ein bißchen vernünftiger gewesen wären.«

»Tja«, meinte Pepper, »mit der Vernunft ist das so eine Sache. Die meisten Leute schätzen sie nur, wenn sie ihnen nützt.«

Übt ihr manchmal euer Kombinationstalent?
Spielt Ihr gerne Detektiv?
Fällt euch das logische Denken leicht?
Wer mindestens zweimal mit ja geantwortet hat, sollte unbedingt weiterlesen. Darauf haben alle Krimifans gewartet: Fälle zum selber Kombinieren, Fahnden und Lösen. Speziell für euch hat ein echter Inspektor von Scotland Yard seine 20 berühmtesten Fälle zusammengestellt.
Inspector Henry Black (1890–1963), einer der besten Detektive von Scotland Yard, feierte seine größten Erfolge Anfang der dreißiger Jahre. Seine Ermittlungsmethoden, beispielsweise mit Hilfe von Dia-Vorträgen, revolutionierten den bis dahin üblichen Untersuchungs- und Fahndungsablauf.
Als Henry Black 1950 endgültig aus dem Dienst schied, wäre seine berühmte Sammlung – Kisten mit Protokollen, Aussagen, Photos usw. – um ein Haar den modernen Zeiten zum Opfer gefallen, hätte sich nicht Blacks Großnichte Dorothy, eine erfolgreiche Kriminalschriftstellerin, ihrer angenommen. Ihre Idee war, Großonkel Henrys Paradefälle zum Prüfstein für den Spürsinn heutiger Leser zu machen.
Und das wird geboten: Auf 64 Farbseiten 20 x kriminalistisches Mitdenkvergnügen wie noch nie!
Von A wie Affäre bis Z wie Zwillingsmord. Die einzelnen Fälle sind in Schwierigkeitsgrade eingeteilt und müssen in vorgegebener Zeit anhand von Zeugenaussagen, Indizien, Photos und Beweisen gelöst werden. Eine ausführliche Anleitung erlaubt problemloses Spielen von der ersten Seite an. Ihr könnt die Fälle alleine, miteinander oder auch gegen mehrere „Detektivanwärter" spielen. Ein Muß für jede Detektivbibliothek.

»Das Ding ist zu unhandlich, das können wir nicht auf dem Rad transportieren«, meinte Peter nach einem abschätzenden Blick. Er nahm den Dinosaurier nochmals auf und wog ihn in den Händen. »Wir lassen die Versteinerung über Nacht hier und kommen morgen mit einem Fahrradanhänger wieder her.«

Justus war skeptisch. »Nein, wir sollten jetzt nicht aufgeben«, befand er. »Es wäre unverantwortlich, eine solche Kostbarkeit in einem unbewohnten und unbewachten Haus zurückzulassen. Wenn wir den Tanzenden Dinosaurier nun glücklich entdeckt haben, könnte uns das ebensogut irgendwer nachtun, wenn er lange genug danach sucht.«

»Du hast recht, Justus. Einverstanden«, bestätigte Bob.

»Dann gehen wir«, drängte Peter. »Mir wird es hier langsam ganz unheimlich. Es ist ja auch schon dunkel geworden.« Unwillkürlich blickte er zur Tür hin, die einen Spalt offenstand. »Nichts wie los, Leute! Ich fühle mich irgendwie beobachtet.«

»Du hast dir zu viele Horrorfilme angeschaut.« Bob kicherte.

»Moment noch«, sagte Peter, als er das Fossil über den dunklen Flur trug. »Ich hab' da eben was gehört, und das war keine Einbildung. Da war ein Geräusch in dem Raum neben dem Arbeitszimmer.«

»Deine lebhafte Einbildungskraft kennen wir ja zur Genüge, Peter. Aber wir können mal nachsehen, wenn dich das beruhigt«, meinte Bob.

Vorsichtig schlüpften die Jungen in den dunklen Raum links vom Arbeitszimmer.

»Hier müßte doch irgendwo ein Lichtschalter sein ... autsch!« Peter bekam keine Luft mehr, denn er wurde unsanft angerempelt, und gleichzeitig versuchte jemand, ihm den Dinosaurier zu entreißen.

Leseprobe aus „Hitchcock, Die drei ??? und das Volk der Winde“

Sherlock Holmes

Ihm entgeht nichts. Der größte aller Detektive erkennt in den kleinsten Indizien den roten Faden, der zum Täter führt.

Wunschzettel

- ☐ **Sherlock Holmes**
  Sein erster Fall
- ☐ **Sherlock Holmes**
  Das gelbe Gesicht
- ☐ **Sherlock Holmes**
  Das Haus im Zwielicht
- ☐ **Sherlock Holmes**
  Das Heilige Schwert
- ☐ **Sherlock Holmes**
  Das Tal der Angst
- ☐ **Sherlock Holmes**
  Das Zeichen der Vier
- ☐ **Sherlock Holmes**
  Der Goldene Vogel
- ☐ **Sherlock Holmes**
  Der Hund von Baskerville
- ☐ **Sherlock Holmes**
  Der Maskenmörder
- ☐ **Sherlock Holmes**
  Der Vampir
- ☐ **Sherlock Holmes**
  Nacht der Vergeltung
- ☐ **Sherlock Holmes**
  Die neue Katakombe
- ☐ **Sherlock Holmes**
  Die Teufelskralle
- ☐ **Sherlock Holmes**
  Die vertauschte Queen
- ☐ **Sherlock Holmes**
  Späte Rache
- ☐ **Sherlock Holmes**
  Spuren im Moor
- ☐ **Sherlock Holmes**
  Der Goldraub
- ☐ **Sherlock Holmes**
  Das indische Kleinod
- ☐ **Sherlock Holmes**
  Der zweite Blutfleck

Den/die angekreuzten Titel wünsche ich mir

☐ zum Geburtstag ☐ zu Ostern
☐ zum Namenstag ☐ ________________
☐ zu Weihnachten

____
(bitte Name und Anschrift eintragen)

franckh **Überall dort, wo es Bücher gibt!**

Frau Scheringers
Kiosk
Bungalows
hier wohnen
Arnica
und
Jonny
Hochhaus in
dem Pit wohnt
Verkehrsstrasse
Nussbaum
Nussbaum